나
목

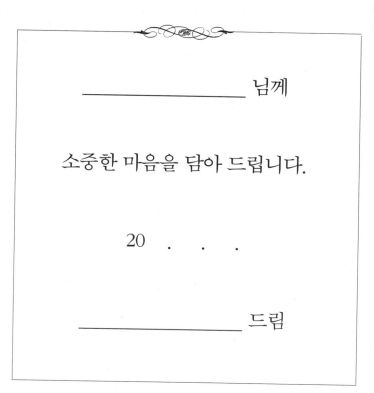

_____ 님께

소중한 마음을 담아 드립니다.

20   .   .   .

_____ 드림

나목

초판 1쇄 발행 2016년 5월 1일

지은이 박태진 · 발행인 권선복 · 편집주간 김정웅 · 편집 이승혜 · 디자인 김소영 · 전자책 신미경
마케팅 정희철 · 발행처 도서출판 행복한 에너지 · 출판등록 제315-2011-000035호
주소 (157-010) 서울특별시 강서구 화곡로 232 · 전화 0505-613-6133 · 팩스 0303-0799-1560
홈페이지 www.happybook.or.kr · 이메일 ksbdata@daum.net

값 15,000원
ISBN 979-11-86673-51-5   03810

Copyright ⓒ 박태진, 2016

도서출판 행복한 에너지는 독자 여러분의 아이디어와 원고 투고를 기다립니다. 책으로 만
들기를 원하는 콘텐츠가 있으신 분은 이메일이나 홈페이지를 통해 간단한 기획서와 기획
의도, 연락처 등을 보내주십시오. 행복한 에너지의 문은 언제나 활짝 열려 있습니다.

나
목

박태진 지음

농심農心으로 일군 시詩의 밭!
농사를 지으면서 세상을 바라본, 농사꾼의 정직한 세상 읽기

행복한에너지

PART 1

걷기

PART 2

토란

PART 1
걷기

혼자 걷는 것은
기쁨 넘친
인간의 정념을 읽고
영혼의 깊이를 들여다본다

우주에 나를 종속시키고
성스러움의 감정을 불러낸다

발소리는
조용하고
태연하며
겉치레가 없다

발소리는 불시에 도착한다

걷기에 따라
생명곡선이 달라진다

새로 뜨는 해

하늘과 바다가 맞닿은 저 끝
가늠할 길 없는 어둠의 경계를 뚫고
희망이 솟아오르고 있습니다

경계선을 넘어서는 것은
늘 두려움을 동반하는 일이지만
오늘을 걷고 내일에 도전하는 이유가 되기도 합니다

누구도 걷지 않은 눈길 위에
사뿐히 길을 내는 것과 같이
신중하지만 설레는 마음으로

새로 뜨는 해에는
더 좋은 일로 더 행복한 일로
더 아름답고 창조적인 일로 새로와지렵니다

새벽

미명의 새벽이
아침을 만나는 찰나
내가 서 있다

시나브로 어둠이 물러나면
밝음은 익숙한 몸놀림으로
자리를 잡는다

새벽은 아침을 위해
짙은 어둠을 엷게 펴
마중물 되고

마침내 아침이 오면
아무에게도 들키지 않으려
신속 정확하게 물러나고야 만다

사람들은 새벽보다 아침을 더 좋아한다
장엄한 일출을 기억하는 사람은

새벽이 없이는

아침도 올 수 없다는 진리를…

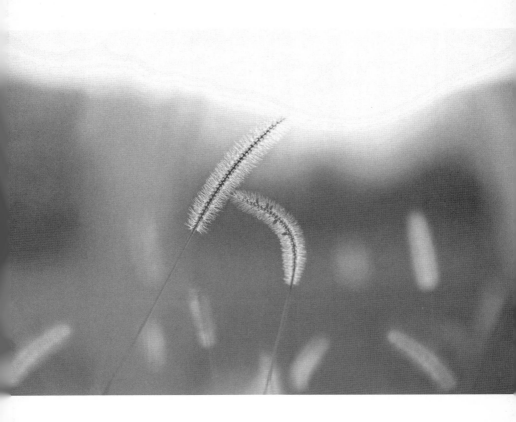

인재

내 분야의 전문성이
다른 분야에 대한 상식과 포용력이
커뮤니케이션 능력과 팀워크 능력이
바로 쌍방 소통입니다

항상 읽을 것을 가지고 다님이
항상 메모하는 습관과
급한 일보다 중요한 일을
먼저 노력한 만큼 그 일을 즐길 수 있고
첫인상보다 마지막 인상이 중요함에
실수를 하더라도 자기를 용서하십시오

나는 내가 읽은 것으로 만들어지고
인생의 멘토와 상의하고
스스로에게 기회를 주는 것이
내가 내 자신에게 줄 수 있는 가장 큰 선물

뉴 스타트

처음
다시
근원
시작이 반이다

하루의 시작
일주일의 시작
한 달의 시작
한 해의 시작
시작의 단위가
형편에 따라 다르지만

시작의 언어에는
희망이 담겨있다

살아가고 있는 한
언제나 청춘처럼
하루를 맞이하겠다는

시인의 말처럼

매일을 처음같이 시작하고
더 평안을 누리도록
출발의 설렘을 성장의 에너지로

자, 다시 시작하련다

노블레스 오블리주

높은 사회적 신분에
상응하는 도덕적 의무

남보다 잘되고
혜택 받은 사람이라면
그만큼 사회에 대하여
이웃에 대하여
책임이 있음을 알아야

아물지 않고
아픔으로 남아있는 상처
한 조각 없는 사람 어디 있을까
단지 조금 더 작은 상처를 가진 사람이
더 큰 상처를 지닌 사람을 보듬고 감싸주며
은총으로 사는 것이려니…

이른 아침

아침이 오는 것은
새로운 하루를 시작하라는
신호입니다

아침이 밝는 것은
어둠을 몰아내서가 아니라
밝음이 오기를 기다리는
인내가 있었기 때문입니다

그 인내로
묵묵히 참고 기대하며
기다리고 살아가는 것이 지혜입니다
그대에게
아침이
언제나
희망이고 행복이며 아름다운 꿈이길 기대하고 기다리렵니다

배려 1

선택이 아니라 공존의 원칙
사람은 능력이 아니라 배려로 자신을 지킨다
사회는 경쟁이 아니라 배려로 유지된다

배려의 조건은 솔직해야 합니다
상대방의 관점에서 보아야 합니다
통찰력을 가져야 합니다

배려의 실천 포인트는
상대가 원하는 것을 주는 것
받기 전에 먼저 주는 것
날마다 노력하는 것
자연스럽고 즐거운 것
사소하지만 위대한 것입니다

자신을 지키고 유지하고 주며 노력하고
작은 일에 충성하는 것이 배려일 것입니다

배려 2

배려 받은 경험이 있어야 배려할 수 있습니다
부모님이 중요합니다
스승이 중요합니다
사랑이 중요합니다
실패했던 경험이 있었기에 실패를 이해할 수 있습니다

추위에 떨었던 사람일수록
햇볕의 따스함을 고마워할 수 있습니다
배려는 배려를 낳습니다
엄청난 영향을 끼칩니다
배려의 사랑을 베풀 때 그 영향력의 길이를 예측할 수 있습니다

실패 때문에 절망하지 마십시오
불행한 사건 때문에 낙심하지 마십시오
오히려 감사하십시오
감사하는 순간 어떤 기적이 일어날지 모릅니다
모든 불행에는 그 크기만큼 행복의 씨앗이 숨겨져 있습니다

성공은 실패 속에 성장합니다
봄에 피는 꽃은 겨울나무 속에서 이미 성장하고 있었습니다
절망하는 이유는 닫힌 문을 보고 있기 때문입니다
실패 때문에 닫힌 문을 보고 있기 때문입니다

열려 있는 희망의 문을 보고 배려 받고 배려하는
사랑을 베풀고 사는 삶을 살아가시기를…

옴니버스 옴니아

잘해 봐라의 비꼬는 말과
난 모르겠다는 무책임한 말이
그건 안 된다는 부정적인 말에서
네가 뭘 아느냐는 무시하는 말과
바빠서 못 한다는 핑계의 말이
담당자가 아니라는 미루는 말에서
누가 이따위로 하라고 해의 저항의 말이
이것도 일이라고 했어의 기죽이는 말과
서서히 단계적으로 하라고 하는 자신 없는 말들이
하지 맙시다의 시작일 뿐이고

나는 할 수 있어라는 긍정적인 말과
하면 된다라는 적극적인 말 속에서
진취적이고 성공적이며
생산적이고 창조적인 언어로
모든 이들과 함께 가는
옴니버스 옴니아가 되리

태양에너지

이십일 세기 화두의 이슈는
바로 친환경
그리고 에코디자인이다
먹거리는 물론
입는 것
바르는 것
심지어는 머무르는 공간까지도
친환경적이고
자연친화적인 것을 선호하고 있다

지금 세계는
자연의 소리에
그리고 태양에
집중하고 있다
한정적인 자원에 기대지 않고
생활을 영위해 가기 위한
준비와 그 기술을 만들어 나가고 있는 것
자연의 있는 그대로를 받아들이려면

숱한 연습과 노력이 이루어지고

우리의 공간과 태양에너지는

이처럼 앞으로 풀어야 할 숙제이고 과제인 것이다

지혜

생각이 말이 된다
말이 행동이 된다

행동이 습관이 된다
습관이 인격이 된다

인격이 운명이 된다
칠흑의 바다를 항해하는 배는
하늘의 별과 빛나는 등대가 길이 된다

장거리경주에서
별과 같이 등대와 같이
마음의 거울과 등불이 되는 것이
바로 그것이 지혜이다

소통

대자연의 기운이 온 세상을 변화시키는 계절
사람들은 보고 사람들은 듣는다
대자연의 섭리가 마음을 뒤흔드는 순간
생각하고 느낀다

말보다 더 큰 언어로 스스로 소통하고
말보다 더 큰 감동으로 깨닫게 한다

더불어 이야기를 나누려면
먼저 눈을 열고 귀를 열어야 한다
마음의 문을 화알짝 열고
자연이 우리에게 주는 것을
받아들일 수 있을 때만이 잘 통한다

즐길 줄 아는 인생

도전을 받지 않는
온실 속의 화초보다는
들풀이 튼실하게 자라
많은 열매를 맺는 법입니다

현재 아니 지금의 난관에
좌절하지 말고
웃음으로
긍정적인 마인드로 맞서십시오

행복과 즐거움
웃음이라는 것을 잘 모르고
이맛살 찌푸리고
심각하게 생각해야만
성공할 수 있다고 생각했습니다

지금은 세상이 달라졌습니다
즐기지 않으면 성공할 수 없습니다

재미를 찾으며
즐기면서 하나하나 성취해야 합니다
자연스럽게 웃고
도전으로 즐기고
재미로 생각하고 공부하고
재미로 생각하고 일하십시오

건강과 성공 그리고 행복이 줄줄이 소리 없이
창조적인 마인드로 다가올 것입니다

친절

따뜻한 바람과 같고
씨앗을 뿌리고 새싹을 돋게 하며
나무에 싹이 나고 꽃이 피게 하는 봄바람
부드럽고 강력하지 않고
거세지 않으며
만물을 소생케 하고
풍부를 불러오는 조용하고 따뜻한 힘

부드럽지만 거대한 힘
결과를 낳고
풍성한 열매를 맺으며
선택하면 누구나 가능하고
사랑에 있고
온유함에 있고
세심한 관찰과 지혜가 있습니다

행복합니다
성공할 확률도 높습니다

사업도 잘합니다
지도자가 될 확률도 높습니다
가정도 행복합니다

능동적이고 상대방의 가치를 알아주며
좋은 사람을 머물게 하는 능력이요
필요를 채워주는 주밀한 생각입니다

쉼

숨 가쁘게
달려온 일상
잠시 내려놓고

휴식을 취해 봅니다

휴식은
가야할 길을
바로 가는 지혜를 알려줍니다

바다

파도에 부딪혀
유리알처럼 흩어지는 물방울과
보기만 해도 가슴이 시원해지는 폭포수가
여름의 길목으로 안내하는 칠월

파도에 의해
조금씩 깎이고 쓸려나가
스스로의 모습을 만들어 나가는 바다처럼

이 여름 내 안에
넓은 바다를 들여놓고
모든 사물을 좀 더 넓게 바라보고
모든 사람을 더 넓게 이해하고
사랑해 보리라는 다짐

인내

괴로움이나 노여움을
참고 견디는 것이요
시련 가운데 빛을 발하고
성품 가운데 최고의 성품이요
성품의 최고봉입니다

성품 가운데 온전하고
부족함이 없는 성품이요
장차 좋은 일을 보는 것이고
변화될 미래를 보는 것이요
불평하지 않고 참는 것입니다

미래에 일어날 것을 확신하고
확신이 있을 때
믿음의 시련 속에서 성장하고
시련은 믿음을 흔들지만
시련을 견디면 믿음은 더욱 강해집니다

희망을 품는 기술이요

아름다운 미래에 대한 그리움이고

그리움이 없으면 사는 것이 아닙니다

사랑도 그리움이고 삶 자체가 그리움입니다

인내는 그리워하는 기술이요 복된 것입니다

단잠

잠은
잠을 부른다

잠들기 힘든 날엔
주변을 둘러보지 말고
달고 맛있게 자는
사람들을 보며 잠을 청해 보자

달콤한 잠에 빠진 모습은
세상 어떤 풍경보다도 평화롭다

엄마 등에 업혀
새근새근 잠든 아이는
그저 바라보기만 해도 흐뭇하고
마당에서 늘어지게 자는 강아지를 보면
세상 시름 다 잊고 그렇게 잠들고 싶어진다

행복 감응

눈 오는 날의 겨울 아침
그리운 친구에게 온 편지는
일상의 소박한 기쁨
누군가에게 행복한
웃음을 선물할 수 있는
아름다운 추억

저 먼 우주에서 찾아온
새하얀 눈송이들이
소복소복 쌓이는 밤
한 가지 소원들을
속삭이듯 말해 보세요
내 작은 바람이
꿈결처럼 반짝이는 별이 되도록

눈 온 뒤
눈부시게 맑은 하늘을 보며
사랑하는 이에게

마음을 표현해 보세요
깨끗한 마음과 마음이 만나
행복한 감응이 올테니까요

차가운 바람은
손과 손을 마주 잡으라는 신호
서로의 따뜻한 체온 더해져
마음 눈을 환하게 오붓이 밝히는
희망의 불빛 되어
행복한 꿈 아름다운 꿈을 꾸게 될 것입니다

물방울

비 온 뒤
하늘은 더 맑고
초록은 싱그러운 향기를 뿜어내며
햇살이 푸르른 아침
풀잎에 맺힌 한 방울의 물방울은
경쾌한 하루의 시작입니다

수만 개의 물방울이 모여
강물 이루고 바다가 되듯
한 사람 두 사람 그 희망이 모이면
찬란한 현실로 피어날 거예요
생명이 연주하는 아름다운 멜로디를 느껴보세요

힘든 순간이 찾아오면
고요한 호수를 떠올립니다
잔잔한 물빛처럼
한 걸음 한 걸음
찬찬히 걷다 보면

투명한 하늘이
환하게 열리니까요

양 볼이 살구 같은
사랑스러운 아이의 손을 잡고
빗속을 거닐어요
톡톡 경쾌한 비의 선율이
한 여름날의 추억으로 다가오지요

행복한 꿈으로
아름다운 꿈으로 다가오지요

나무

지구를 뒤덮은 초록
아름다움을 빛깔로
초록 생명의 대표이자
존재 자체가 신비롭고
삶의 크나크고 선한 영향력에
의식주 종교 문학 음악 미술까지
어느 것 하나 미치지 않은 것 없어라

진리만을 전달하는 설교자
정신세계의 이상향
에덴동산의 주인공
명곡과 명화의 산실
전원교향곡
생명의 모태이자 탯줄이요 요람
자연 건강 치료사
문화의 창조자

그대는 먼 미래를 창조하는 우주적 생명체여라

겨울 풍경

춥다 춥다 하면서도
제대로 된 추운 맛을
맛본 지 꽤 오래되었습니다

처마 끝
꽁꽁 얼어 내린 수정고드름이며
펑펑
아름답게 휘날리는 눈발 대신
때 아닌 폭설과 같은
기상이변에 익숙해졌습니다

사람과 사람 사이의
온기가 덜 그립고
몸 춥고 마음 추운 이들의
심정도 살피지 못하게 되는가 봅니다
겨울,
매섭게 추워야지요

풍경은 풍경대로 사람은 사람대로 아름다울 수가 있습니다

물길

긴 세월을 흘러온 강에는
삶의 희로애락이 녹아있다
강은 자연 역사 생활 산업 풍물과 함께 흘렀다

사람들은 강을 보며
마음 설레는 꿈을 꾸었고
강은 사람과 사람
지역과 지역을 이어주는 통로가 되었다

자연이 살아 숨 쉬는 강
재해 없는 강
사람이 즐거운 강
역사와 문화가 흐르는 강
번영을 창조하는 강
글로벌로 통하는 강

문명이 강으로부터
발상됨은 우연이 아닐 것이며

금수강산을 만드는 길이

물길이고 살길이며 우리들의 갈길이어라

강

들 위에 얹혀진
강과 사람의 시간
강의 새벽은 순결하다

미동 없이 흐르는
새벽 강 앞에서
자연의 시간은
사람의 시간과는 무관해 보인다

바람이 돌을 스쳐도
강은 요동 없이
느리고 유순하게 흘러갈 뿐

이 강과 들의
지나온 시간과
나아갈 시간을 아는
사람의 마음은
그저 착잡하고 안쓰러울 뿐

집중

하루
잠자는 시간 빼고
시간이 어떻게 흘러가나
들여다본다

잡스러운 일에
휘둘리거나
무엇을 하든지
제대로 자각하지 못한 채
소모되기 일쑤이다

온전하게 집중하는 시간은
지극히 짧다
집중하는 시간의
길고 짧음에 따라서
인생의 가치가 달라진다

집중하지 못하는 인생은

소모되는 인생이요

시간은 빠르게 지나가지만

오늘부터라도 자신의 삶에

집중하다 보면 좋은 열매가 돌아오려니…

믿음의 사람

지혜로운 사람은 근심과 걱정이 있을 때도
나약해지기보다는 마음을 잘 다스릴 줄 알며
남보다 뛰어난 능력으로 모든 일을 잘 이겨나가는 사람이고

베풀 줄 아는 사람은 모든 사람을 소중히 여기며
작은 것에서부터 진정한 사랑을 나눌 줄 아는
바라만 보아도 마음이 포근해지는 따뜻한 사랑이 있는 사람이고

칭찬받을 만한 사람은 억울한 일을 당해 참을 수 없는 상황에
서도
감정을 억제하며 깊은 인내심으로 끝까지 참고
기다릴 줄 알며 잔잔한 감동을 주어 마음이 넓고 부드러운 사
람이고

믿음이 있는 믿음의 사람은 남의 허물과 단점이 보일지라도
쉽게 드러내기보다 드넓은 가슴으로 포용해 감싸 안아주며
그 영혼이 잘되고 강건할 수 있도록 끝없이 겸손한 마음으로
무릎을 꿇고 두 손 모아 기도해줄 수 있는 사람입니다

걷기

혼자 걷는 것은
기쁨 넘친
인간의 정념을 읽고
영혼의 깊이를 들여다본다

우주에 나를 종속시키고
성스러움의 감정을 불러낸다

발소리는
조용하고
태연하며
겉치레가 없다

발소리는 불시에 도착한다

걷기에 따라
생명곡선이 달라진다

느리게 걷기

길도 사람도 낯설다
어디로 가면 될지
어떤 말을 건네면 좋을지
답을 찾으려 애쓰지는 말자

어색한 웃음과
인사는 그대로 두고
길이 이끄는 대로
자연 속으로 들어가면 된다

그곳에서는 많은 말이 필요 없다
다리는 외따로 섰는데
외로이 지나는 이 없구나
길을 걷는 동안
마음은 이미 닿아 로하스 웰빙 힐링으로 이어지니까

PART 2
토란

실속 있는 흙 속의 알

여름 나절

토란잎에 내리는 빗줄기는

아련한 그리움을 불러온다

토란잎을 우산 삼아 달리던

유년의 추억이기도 하고

장독대 뒤란에 심어져 있던

토란잎의 나른한 슬픔이기도 하다

흙 속의 알 토란은

연잎처럼 잎이 퍼졌다

토련 우자라고도 불리는

버릴 것 없는 채소

알토란

재산이 살림이

옹골차고 실속 있다는 의미만큼이나

영양이 꽉 찬 토란으로

건강도 생활도

알토란처럼 챙겨보며 실속 있게 살리라

익어가는 가을

숲에 쌓인 낙엽은
낙엽을 살찌웁니다
도심에 융단처럼 쌓인 낙엽은
낭만을 무르익게 합니다
떨어져 뒹구는 낙엽
함부로 치울 일이 아니지요

여물고 여물어 바싹 마른 옥수수는
알알이 새로운 생명의 씨앗입니다
그렇듯 시린 바람 덕분에
사람 온기를 그리워하며
홀로 사색에 잠기는 날입니다

스산하고 고즈넉하고
쌀쌀하고 메마른
늦가을이라 탓할 일은 아니지요
잘 익어 숙성한 가을 한 모금
자분자분 스미며 따뜻하게 무르익어 가야겠습니다

농심

풍년들게
겸손하게
깊어지게 하소서

떨어진 자리에
싹을 틔워야 하고
뿌리를 내려야 하며
몸을 쪼개 결실해야
다음의 생을 영위할 수 있으니

농사는 사람이 짓는 게 아니라
하늘이 짓는다
농사를 준비하는 것은
우리 모두여야 한다
농사를 짓는 것은
하늘임이 분명하다

우리의 행위에 비례해서

풍흉의 길이 열리고 닫혀왔다
사람과 작물이 하나로 통하는 길이
농심이기에
겸손하게 고개 숙이지 않으면
그 길이 열려 있어도 걸어갈 수 없다는 진리를…

물의 예술

물은 만물을 담아내는
거울과 같은 존재다

말없이 흐르며
많은 이미지들을
생산하고 있으며
더불어 여러 흩어진 이미지들을
하나로 묶어
정갈하게 담아내기도 한다

물은 그 자체로
영감의 원천이며
상상력을 자극하는 살아 있는 생명이다

분수

물이 춤을 춥니다
세상 어떤 춤보다
열정적이고 우아한 몸짓으로
바람을 가릅니다

올랐다 떨어지는 것의 반복
다시금 마음을 가다듬고
힘차게 뛰어오릅니다

파아란 하늘이
반갑게 손을 내밉니다
그 끝에
여름의 싱그러움이
묻어납니다

노적가리

내 벼농사가

들 풍년으로
마당 풍년으로
곳간 풍년으로
방앗간 풍년으로

내 안의 풍년으로
옹골찬 가을 만장을 구가하는구나

따뜻한 햇살

백 년 만의 무더위에
사람도
가축도
농작물도
숨을 제대로 쉬기 힘들었지

잇달은 태풍에다 폭우까지 퍼부었지
수확을 앞두고
떨어져 바닥에 뒹군
사과
배
쓰러져버린 벼 포기
무너지고 물에 잠긴 비닐하우스…

애지중지하던 농작물에 생채기를 입히면서
농부의 가슴에도 깊은 상처가 났지
그래서 좋은 날씨에 대한 바람은 더욱 간절하지

조금만 더 따뜻한 햇살을 내려주소서
남아있는 모든 열매와 알곡이
빛깔을 내고 단단하게 여물 수 있도록
혹독한 여름의 후유증과
상처를 털어내고
모든 이들이 행복한 꿈 아름다운 꿈을 꾸며 이 가을
을 예찬할 수 있도록

농심 스트레스

농심에 피멍이 들고
농심은 검정 숯덩이가 되어
이상 기온
서리
집중호우
태풍
냉해
구제역
배추 파동으로

극심한 스트레스
침통한 분위기
악몽
우울증
자살
공황장애로 다가온 이때

신토불이

농도불이
어메니티
지산지소
웰빙 로하스 힐링으로

피멍 들고 검정 숯덩이 된 마음
한 방에 다 날려 보내 희망과 활력 되찾으시기를…

기다림의 결정

소금을 얻는 일은 기다리는 일이다

씨를 뿌리거나
키우거나 잡지 않으며
캐거나 따지 않는다
다만 바닷물을 끌어와 부려놓고
햇빛 달빛 바람에 졸여지고 달여지는 동안
염부꾼은 시간을 길어 올리며 마냥 기다리는 것이다

출렁이는 바닷물이 하얀 소금밭이 되는 동안
바람길을 트고 빛을 그러모은다
사람의 손길이 필요한 때에 보태지는 것은
염부꾼의 땀 한 방울뿐
모든 것을 우주의 작용에 맡기고서야
얻을 수 있는 기다림의 결정
우연과 필연의 숱한 교차가 빚어내는
지난한 기다림의 앙금이 자연 속에 고스란히 박혀 있다

흙길 1

흙길은 더 푹신하다
침대보다 더 안락하다
나는 흙길을
포장길보다
더 자주 걷는다

나는 흙길이 더 좋다
시멘트 콘크리트
아스팔트 콘크리트
깔린 길보다
나는 흙길을 걷는다

깔린 길을 걸을 때
다가오는 딱딱함을
흙길은 참 포근히 감싸준다

흙길을 걸을 때
내 발은

스폰지보다

솜보다

침대보다

더 편안하고 기쁘다

내 어머니의 품속과 같다

흙길 2

허리 숙여
흙길에 가만히 얼굴을 대어본다

길가에 뒹구는 통나무에도
짙푸른 생명의 기운이 돈다

흙에선 겸손의 냄새가 나고
웅숭그린 땅의 시선이 잡아챈 무엇도 낮았다

비바체로 찰랑거려야
마땅한 흙의 소리

흙이 주는 교훈
흙이 주는 냄새를 온몸에 새긴다

흙길엔 어느 날 비 오고 눈 와서
아름다운 발자국을 남기기도 하고
어느 날 녹아서 질척이다가

다시 진한 흙 향을 품고 생명을 품는다

가장 낮은 곳
사람들의 발밑에서
불평 없이 묵묵히 살아가는 흙길에선 풋풋하고 넉넉한 냄
새가 흙 향으로 살아난다

흙길 3

느릿느릿
흙길을 걷는다

한 걸음 한 걸음
내디딜 때마다
흙은 온몸으로 나를 밀어 올린다

세상의 모든 생명을 품어
하늘로 밀어 올린다

초록 기운으로 가득한
여름 흙길은
인적이 드문 대신
다람쥐와 새들
벌과 나비들의 세상이다

그 길을 걷노라면
맑은 초록은 푸른 휘파람 소리를 낸다

포옹

포용을 부르는 포옹
진심을 다해 안아줄걸

누구나 행복을 원하나
기분 좋은 일의 연속은 아니잖는가

때로는 슬프고
때로는 견디기 힘든 상황이 느닷없이 닥쳐도

누군가가 가장 가까운 곳에서
따스하게 안아준다면
백 마디의 말보다
강력한 위로가 되기에
마음을 알아주는
네가 있다는 것 하나만으로도 힘을 얻지 않는가

따스한 포옹
감쌈의 문화
말보다 더 강한 사랑

바람

들판의 바람은
밤이슬 헤치며
정적을 깨워
겁 없이 달리는 바람이다

밭 가랑이 바람은
골짜기 물소리 들으며
농부의 웃음을 전하는 바람이다

숲속의 바람은
산길에서 내려와
서걱이는 채소들과
미소 짓고 상봉하는 바람이다

들판이고
밭 가랑이고
숲속의 바람은
모두의 땀 길을 씻어주는
아주 시원하고 고마운 바람이다

여름

언제 봄이 올까 싶더니
여름
가장 연한 것에서
가장 진한 것까지
누리의 온갖 초록들을
상봉할 수 있는 계절입니다

딱
태양의 열기만큼
신록이 푸르릅니다
우리네들도
열정 가득한 녹음을
만끽하고 즐기는 지금입니다

어느 곳에 있든
무슨 일을 하든
오늘보다 더 나은 내일을 향해
영양가 있는 피와 땀과 눈물이 서려 있는

지구온난화의 변화가 휘청거려도

푸른 꿈 행복한 꿈 아름다운 꿈

열정의 꿈 찬란한 꿈

한결같은 꿈 고요한 꿈으로 승화하렵니다

강변 예찬

교각과 도로 아래의 물을 바라보며
깊게 호흡하면
머릿속이 맑아지며 마음에 여유가 생긴다

흐르는 물을 마주보면서 걸으며
시각적인 청량감과
상쾌함이 더하며 뇌의 각성효과도 높아진다

음악 대신 강물이 흐르는 소리와
바람 소리를 듣는 게 건강에 좋고
휴대폰 이명이며 환청 스트레스 후유증을 치유하는 데 효
과적이다

밤
주말
휴일
휴가를 이용해
가족과 함께 걷는 습관은

강변 산책을 하는 동안 따뜻하고 건강하며 신기하고 오붓
하며

경쾌 유쾌 상쾌 명쾌 통쾌한 가족애와 민족과 열방을 향
한 기대가 충만하리니

힘

당신의 슬픔 주님이 아시네
당신의 아픔 주님이 치료하시네
당신의 심정 주님이 체휼하시고
쓰라린 상처 싸매어 주시네

빈 들에서 외로워할 때 동행하시고
무거운 짐 가볍게 하시네
눈물의 시간을 보고 계시며
절대고독의 시간에도 곁에 계시리니

그에게로 나아가자
비록 고된 고생대학일지라도
큰 능력이 되리니…

소원

그대의 세계에 마법을 걸고 싶습니다

그대가 꿈꾸시던 것이 현실로 다가오고
그대의 고난 고통 슬픔 눈물 환난이 시냇물에 씻겨 내려가는
기적의 마술을 부리고만 싶습니다

이기적이고 자기중심적이며
서로 존중하는 마음 가지고 대화 않으며 살아온 지금
죽도록 밉고 얄미워 그 안 좋은 버릇 고쳐보고만 싶습니다

서로의 눈을 마주보며
행복한 미소를 짓고
포옹하며 입 맞추는
서로의 체온을 느끼고 사는 삶

그렇게 나의 마술로
인정받고 존경받고 사랑받으며
한없이 바라만 볼 수 있도록

그대만의 행복한 꿈

아름다운 꿈을 꾸게 하는 마술사가 되고만 싶습니다

가을 아침

가을이 된 아침에는
어느새 새벽 찬 공기가
이불을 끌어당기고

때 이른 아침부터
거둠의 기쁨을 맞이하러
몽글 맺힌 이슬 헤치고 길을 나선다

옷 가랑이 젖고
향수에 젖고
밤이슬에 젖고
몸과 마음에 배어 축축해진다

수확의 기쁨을
앞에 두고
베고
따고
털고

말리고

담그고

할 일 많음에 긍정적인 풍요로 가을의 기쁨을 맛보고 있다네

보드라운 흙

벽계구곡 흐르는
물소리를 자장가 삼으며
초여름의 한낮을
꾸벅꾸벅 졸고 있다

겨우내 찍찍 갈라졌던
논바닥은
어느새 모내기를 앞두고
말캉말캉한
살진 어미 젖가슴 마냥 탱탱하게 불어있다

하늘과 맞닿은
산과 계곡은
시퍼렇게 빛나고
오호라 나는 햇살을
온몸으로 받으며
물컹하게 물오른 저 흙을 발목 시리도록 밟고 싶다

토란

실속 있는 흙 속의 알
여름 나절
토란잎에 내리는 빗줄기는
아련한 그리움을 불러온다
토란잎을 우산 삼아 달리던
유년의 추억이기도 하고
장독대 뒤란에 심어져 있던
토란잎의 나른한 슬픔이기도 하다

흙 속의 알토란은
연잎처럼 잎이 퍼졌다
토련 우자라고도 불리는
버릴 것 없는 채소
알토란
재산이 살림이
옹골차고 실속 있다는 의미만큼이나
영양이 꽉 찬 토란으로
건강도 생활도
알토란처럼 챙겨보며 실속 있게 살리라

향기

꼭꼭 숨어서 핀
꽃향기

오롯이 사방팔방
멀리 미치는 것을 보노라면
성능이 좋은
날개를 지니었나 보다

그 어느 때고 숨길 수가 없다
햇살 많이 받은 사과
색깔 예쁘고 당도 높아
맛과 향기 드높다

이 땅에서 가장 고귀하고
고상한 향기는
사랑의 향기

숲 소리

황량한 덤불숲을 향해 걷고 있다
가까이 다가가 선 개나리 덤불에는
어느새 부지런함의 꽃망울 축제 속엔

가지들 사이사이 노오란 망울들이
축제를 준비하듯 분주한 봄기운을
물방울 빨아들이는 땅의 깊은 숨소리

가만히 귀 기울이면 은은한 으악새 소리
지휘자 반주자도 보이지 않으련만
오롯이 오케스트라 봄 숲에서 들리네

사람의 마음

장마와 태풍
구름 아니 폭염이 번갈아 가며
계절의 주인공이라고 으스대는 여름

고갯마루 바로 위
낮고 두껍게 드리운 진회색 구름은
금방이라도 한차례 소나기를 퍼부을 기세인데
오른쪽 하늘은 구름이 점차 걷히는 듯하다

한바탕 소나기가 쏟아질 것도 같고
화알짝 갤 것도 같은 어중간한 날씨
변덕스러운 구름이다

구름은 해를 가려
땡볕아래 노동의 고단함을 덜어주고
때로 촉촉한 안개나 가랑비로 내려앉아
낭만파 사색에 빠져들기도 한다

새파아란 하늘도

한 점씩 떠있는 구름 덕분에

청명함이 도드라지고

어느 날엔 메마른 대지를 적셔

생명을 불어넣어주는 단비로 거듭난다

변화무쌍한 구름의 형태와 색깔에 따라

감정이 들쭉날쭉하는 건 나약한 인간 본성 때문일 터

변덕스러운 건 구름이 아닌 사람의 마음이다

바람처럼

구름처럼

마음만이라도 자유로워져 볼 일이다

자연 1

바쁘게 살아가는 生의 삶 속에서
컨베이어 벨트 위에서 빨리빨리 외침
속도가 체질화된 日常
언제부턴가는
느리게 느리게를 읊조리는
슬로푸드 먹거리 운동
라이프 스타일이 아닌 듯
먹기에도 좋고
정갈하고 깨끗해야만
웰빙과 로하스로
힐링으로
자연의 포만감을 피부로 경험하네

강변 산책

자연에 순응하는 삶에는
암을 비롯한 질병에 걸리지 않는다

정상적인 삶의 궤도를 이탈할 때
암에 걸릴 가능성이 높다

비정상적인 삶은
암뿐 아니라 모든 질병의 원인

강물을 바라보며
크게 호흡할 수 있는 강변 산책은
모든 문제를 해결하며
복잡한 머릿속과 스트레스를 떨쳐내는 데 그만

강물보다 더 푸른 하늘과
끊임없이 유유히 흐르는 물 줄기
경쾌하게 떠다니는 유람선을 보면서
표정이 밝아지고

몸과 마음이 日常의 짐을 덜며 진정한 휴식과 치유를 거
듭하게 하리니

세로토닌 효과

우울증
분노 불안
수면 장애
무기력 의욕저하증
편한 것
디지털화가
뇌 안의 세로토닌 저하로 이어지고

워킹
요가 단전호흡 태극권
드럼치기 북치기 난타 바퀴연주
그림 사진 음악 감상
물소리 바람소리 새소리 자연의 소리
햇볕 쐬기 산책 숲과 나무 속
시 낭송 낭독 감상이 세로토닌 상승효과로 이어져

디지털에서 아날로그로
리드미컬한 운동과 리듬체조

씹고 걷고 심호흡하기

자연을 가까이

마음을 편하게

경쾌 명쾌 상쾌 유쾌 통쾌한 웃음이 세로토닌 증가로

행복의 문을 여는 열쇠인 것을…

변화

사람은 누구나 원대한 꿈을 꾸고
한 해와 한 달과 한 주일의 계획을 세운다
그러나 한 주일 한 달 한 해의 단위로
日常을 살아갈 뿐
변화하지는 못한다
무엇이 나를 변화하게 만드는가
무엇이 나의 삶을 새롭게 하는가

변화의 힘은 내면으로부터 온다
삶을 통하여 보다 나은 가치를 구현코자 하는 마음속 생각들이
일상 속 작은 행동들로 옮겨질 때
우리는 진정으로 새로워진다
나 한 사람의 작은 변화가 이웃의 마음을 움직일 때
세상은 매일매일 행복하고 아름답고 즐겁게 변화될 것이기에

유산소운동

수영
마라톤
자전거 타기
걷기
산책로에서의 유산소운동

강변과 수로를 달리는
최대 강점은
몸의 신진대사와 함께 두뇌를 활성화시키고

시야를 가로막지 않는
탁 트인 풍경과 푸른 물줄기가 가져다주는 청신함
흐르는 물에서 비롯되는 정기는
자연의 친화력과 함께 뇌를 호흡하게 하며 웃게 한다

이 신기하고 경쾌한 경험을 위해
일상을 벗어나 강변과 수로의 행복로로 나가 만끽해 보자

비전

진정 행복과 성공을 그리고자 하면
지금 곧바로 일어나라
부르심을 받고서
지금 바로 중요한 것에 관심을 가지라

지난날들을 추억하며
보다 나은 지금을 원한다면
지난 일을 돌아보자
그것에서 소중하고 귀한 것을 배우자
이제부터는 빛을 발하라

지금보다 더 나은 내일을 원한다면
멋지고 신바람 나는 밑그림을 그려라
이것이 실현되기까지를 계획하고 기획하라
지금, 이 계획을 실천해서 행동으로 옮겨 전진하라

작은 믿음

아주 소중한 사람입니다
끝없는 힘을 가지고 있습니다
운이 좋은 사람입니다
자유롭고 평화롭습니다
무한 풍요를 구가하고 있습니다
상상력과 믿음을 사랑합니다
주어진 기회에 감사하고 있습니다
언제나 가장 밝고 큰 길을 가고 있습니다
지혜롭습니다
기회와 가능성은 날로 달로 커져만 가고 있습니다
꿈을 이루고 있습니다
세상은 나의 필요를 채워주는 친구입니다
삶은 제일 크고 가장 큰 기적 중의 기적입니다

나를 힘나게 하는
이 작은 믿음이
나를 하나님의 걸작품으로 준수하게 만들어가고 있습니다

호수

호수의 낭만은 겨울에
하늘을 그대로 품은 호수는
청명한 겨울을 가장 아름답게 담아낸다
칼바람이 연일 이어지면
서서히 순백의 얼음세상으로 변신한다

때가 되면 감히 그 호수에 발을 내딛어
저 건너편 어딘가에 숨 쉬고 있는
첫사랑에게로 조심스레 다가간다
그대에게로 가는 오작교
겨울에만 오붓하게 느낄 수 있는 특별함이다

햇살이 그 환한 얼굴을 비추이면
어김없이 호수는 그 푸르디푸른 속내를 말갛게 드러낸다
안개가 걷히면 나무는 호수를 호수는 나무를 바라다본다
오랜 세월 호수를 사랑한 나무는 호수를 향해 허리가 굽었다
사랑한다면 끝내 연인의 마음에 닿을 수 있는 것처럼

호수, 첫사랑을 만나다

호수 같은 눈동자, 호수 같은 마음, 호수 같은 사랑, 호수 같은 그리움…

맑은 호수 위에 하늘빛 그림자가 드리우면

한동안은 그저 호수만 바라보아도 좋습니다

내 마음속에 호수가 들어오도록 사색에 잠겨도 좋습니다

자연색

산과 들에 피어나는
꽃과 나무와 풀은
사철 오색찬란한 빛깔로
옷을 갈아입고

자연의 빛깔을
산과 들에서만 누리며 만끽 말고
생활 속으로 들이는 건

선인들이
자연에서 얻은 색을
다양하게 활용하고 즐겨왔는데

고운 천에
자연염료로 물들여 옷을 짓고
제철 재료의 빛깔 살려 맛 내고
자연색 입힌 한지와 나무로
물건을 만들어 봄이

화학물질로는

도저히 흉내 낼 수 없는

오묘하고 신비로운 색

몸과 마음에도 좋고 환경에도 좋은 것

가을빛이 완연한 가을

눈이 즐겁고 마음도 포근하며 기쁘고 즐거우며 행복
한 자연색으로

은은하게 물들인 총천연색 시네마스코프 다채로운 글
로벌 세계로의 초대

귀뚜라미 소통

밤마다 울어대는 귀뚜라미
청각을 사용하는 대표적 동물
허구한 날 초저녁부터 울기 시작한 녀석
새벽녘까지 울어대는데
어떤 녀석은 하룻밤에 무려 열한 시간을 울어댄다

윗날개를 서로 비벼 소리를 낸다
만일 우리가 팔을 뒤로한 채
서로 엇갈리게 움직이는 운동을 열한 시간
계속한다고 상상해 보라
실로 엄청난 노동이다

귀뚜라미 수컷들은
왜 그리도 끔찍한 육체노동을 하는 것일까
암컷들이 쉽사리 그들이 부르는
세레나데에 넘어와 주지 않기 때문이리라
서로에게 이로운 정보를 교환하는 행위이다
소통이란 소통을 원하는 자가

소통의 목적을 이루기 위해
일방적으로 끊임없이 노력해야 하는 관계이다

모두가 이해할 때까지
수천 번이라도 설파와 설득을 반복해야 된다
열한 시간이나 날개를 비벼대는 귀뚜라미 수컷처럼…

경청

상대를 설득키 위해
각고의 노력과
많은 비용을 투자한다

의견과 경험이 다른
누군가와의 대화를 꺼릴 때
잘 듣는 기술이 필요하다

의견이 상충하는
상대방의 말을 듣는 것은
내 안에 확고한 고집과 인정하고 싶지 않음 때문이리라

말을 듣기도 전에
내 안의 편견이나 아집이 가득 차 있어
말을 그대로 받아들일 공간이 없어

상대의 말을 잘 들으려면
우선 내 마음을 비워야 한다

공감을 준비하고 상대를 배려하며
말하기를 절제하고 겸손하게 이해하며
온몸으로 응답하자
귀 기울여 경청하는 일은 마음을 얻는 최상의 지혜이다
말을 배우는 데 2년 침묵을 배우는 데 60년 걸린다

판단하려는 나를 비워내고
내면의 귀를 기울이면 새로운 나를 발견하게 되리니

자연 체험

자연은 스승이다
산은 계곡의 시원함을 가르쳐주고
강은
태동하는 생명력을 알려주며

바다는
신비로운 갯벌의 섭리를 알려주고

논은 땀의 가치를 말해준다

칠월의 어느 하루라도 좋다

대자연이라는 스승이
몸소 보여주는 체험의 현장 속으로 뛰어들어가 보자

단풍

보드라운 햇살
드높아진 하늘
하늘에 머무는 새하얀 구름과
사람들의 이야기로
풍성한 빛을 띠는 가을입니다

걸음을 옮길 때마다
색색의 단풍은 물결치고
높아진 하늘만큼이나
따뜻하고 고귀한 생각이
마음을 채우는 계절

자연이 준 선물에 감사하며
책갈피 속의 가을 하나
담아 봅니다

PART 3
나목

사람들은 모르지
소리 없는 소리로
낮밤 가리지 않고
자붓이 초록 생명 이야기꽃을 피운다는 것을

사람들은 모르지
산고대의 절정은
오롯이 바람과 마주하여
긴 시간을
빈 가지로
온종일 울고 있을 때라는 것을

사람들은 모르지
눈꽃 송이 살포시 내려앉아
내 몸 감싸 덮을 때가
내 生
가장
따스함을 느끼고 있을 때라는 것을…

그리움

노을은 저만치 기울고
돛단배에 추억을 흘려
가슴에 담아 보낸다

들판 너머 고향 언덕에
목동의 피리 소리 들려오고
어느새 아련한 목가가 흐르고 있다

그리움은 은근하게 다소곳이 보드랍게 서서히
다가오는 안개 빛의 오롯한 봄날의 새 노래

부부

바다는
파아란 하늘의
단짝 친구입니다

오랫동안
서로 기대어 살다 보면
그렇게 닮아가나 봅니다

인연

옷깃만 스쳐도 인연이라는데
나를 스쳐간 수많은 인연들
그리고 내 곁에 남아있는 소중한 인연들

서로 다투고 견주고 뽐내는 이 순간도
사실은 소중한 인연인 것을
정말 오래도록
바라온 간절함인 것을

우연이 아니고
필연이었고
잊기에는 너무한 사연
뒤돌아보아도 후회하지 않아도 될

마음과 관계없이 굵은 동아줄 아니 삼겹줄로 맺어진 것을…

자작나무 1

스스로 제 이름을 지을 줄 아는
자작나무는
자기 설 자리도
가장 잘 알고 있겠지

추위에서도 잘 버티는
자작나무는
희고 엷게
벗겨지고 있을 거야

가뭄에도
잘 견디는 자작나무는
홉스골의 고산에서도
목마름을 과시했지

홀로서기의 대가인 자작나무는
그 어디에서도 젊고 싱싱하다는
청춘을 예찬하고 말았지

자작나무 2

봄철에 막 새순이
돋아날 무렵의 연초록 그늘

싱그런 여름의 훤칠한 하늘빛 녹음
노랗게 불타는 가을의 단풍
겨울 눈밭을 홀로 지키는 순백의 영혼

이 모든 사계절의 변화가
참으로 아름다웠고 신비로왔다

이제 내 마음의 뒤뜰에는
자작나무 몇 그루를 심으리라

만남 1

그대를 본 순간
사랑에 빠지고

모두의 축복 속에
결혼에 골인하고

사랑의 연속선상에서
만남의 인연을 누리고

때로 고통과 시련이
찾아와서는

그대와 나를
버겁게도 하였지만

그대는 내 곁에
큰 힘이 돼 주었고

이 세상에서
가장 행복한 사람으로

생의 절반을 걸어온 지금
나지막이 속삭여 봅니다

만남이 우연이 아니고 바람이고
진정으로의 사랑이라는 진리를…

만남 2

그대를 본 순간
만남의 기쁨이
사랑의 눈물로 다가와

때로는 차디찬 시련과 아픔 속에서도
그대는 내 곁에서
못 박인 바위가 되었고

반생의 반전 속에
떠나버린 시간의 고독이
온통 나를 짓누르고 우겨댈 때도
고요히 느리게 오롯이 아니 살포시

지금이 가장 고귀하고 소중하다는 것을…

새마을운동

농가 인구 70%
60~70년대의 농촌
오로지 배불리 먹는 게 목표
배 채우는 게 목적

춘궁기
보리 익음 기다리지 못해
까실한 보리 이삭 잘라내어
통째 죽을 끓여 허겁지겁 골 메우네

곡식은 동이 나고
햇보리 여물지 못해
늦가을 심은 보리
익기만을 못 기다려
삐디기 버들 소나무 껍질 올미 찔레 칡뿌리로 허기 달래

1972년 새마을운동
근면 자조 협동

우리도 한번 잘살아 보자는 자존감
초가집도 없애고 마을길 넓히고
살기 좋은 내 마을 우리 힘으로 만드세

4-H 새마을 지도자 새마을 부녀회
새벽잠 깨우는 새마을 대청소
농촌환경개선 소득증대 범국민운동

가난에서 벗어나는 의식의 전환점
가난이 숙명이라는 체념을 뛰어넘어
내 운명은 내 손에 달렸다는 의식의 변화

자식에게 밥 주지 못했던 시절
배고프지 않아서 감사하고
근면 자조 협동 정신을 바탕으로 한 지역사회개발운동

가을이 익고 있네

숲에 쌓인 낙엽은
나무를 살찌웁니다
도심에 융단처럼 쌓인 낙엽
낭만을 무르익게 합니다
떨어진 낙엽
함부로 치울 일이 아니지요

여물고 여물어 바싹 마른 옥수수는
알알이 새로운 생명의 씨앗입니다
그렇듯 시린 바람 덕분에
사람 온기를 그리워하며
홀로 사색에 잠기는 날입니다

스산하고 고즈넉한 정적이 흐르며
쌀쌀하고 메마른
늦가을이라고 탓할 일은 아니지요
잘 익어 숙성한 가을 한 모금
자분자분 스미며 따뜻하게 무르익어 가는 가을이 되고만 싶습니다

존재

우리가 사는 커다란 세상에는
재미있는 일이 너무 많습니다
가을의 푸른 하늘
하늘에서 불어오는 청량한 바람
쉴 새 없이 변화하는
커다란 세상사 풍경이지요

주위를 둘러보세요
하늘의 푸르름과 상쾌한 바람이
맑은 햇살과 붉게 물든 단풍이
모두 그대를 위해 자존감과 존재감을 살리는 모습이니까요

희망이 눈꽃처럼

스산한 마음
위로하는 수만 장의 손수건처럼
눈이 내리네
나뭇가지에
살포시 내려앉은 눈이
햇살 만나
은빛으로
반짝이는 찰나

희망이 눈꽃처럼
피어나리니
그대 얼굴에
번져지는
소중
순박
총명
조심스런
아니 해맑은 청풍명월의 호수 같은 웃음

세상은 지금

미쳐가고 있고
차마 눈 뜨고 볼 수가 없다
구석구석이 너무할 만치
브레이크 파열된 차량처럼
쏜살같이 내달리고 있다

남녀노소 빈부귀천 가릴 것 없이
오명이란 오명 다 가지고 있다
낙태
교통사고
이혼
술 소비
자살
산업재해
지금 글로벌 시대로

어디를 보아도 거룩한 가치를 추구하는 이들이
　일어서고 나아갈 곳을 찾기가 힘들고 아프며 괴롭고 서글
프기만 하구나

인생길

인생은 사막 같은 고생대학
목적도
정처 없이
가다가다 보면
피와 땀과 눈물이 어리는
오아시스는 보여질 기미도 없고

인생은 고난의 길
재미없는
예측불허
알 수도 없고
계획대로
말한 대로
생각대로 아니 되며
갑자기 뒤집어지고 엎어지고 자빠지는
무심한 인생길

인생은 내가 쓰는 것

내가 쓰고 써 놓고

연극도 내가 하고

우선순위가 있고

서로 사랑함은 한 방향을 바라보게 되고

용서와 이해 관심과 포용

따뜻한 위로와 보드라운 손길로

서로 보듬고 안아주며 이끌어주는

아름다우며 행복한 모습으로 가려는 길

위기

위험으로 여기면
쌓아 온 공든 탑을 하루아침에 무너뜨리고
성공할 수 있는 기회로 여기면
호기를 안겨준다

주마가편
결승점 향해 내달리는 말 더 빨리 달리도록 도와주는 호기
강자에겐 징검다리
약자에겐 장애물

열정적으로 맞서
나는 할 수 있다는 강한 믿음으로
위기 상황을 똑바로 보고 인정해야 한다

포기하고
좌절하고 싶을 때
위기와 기회는 절대 혼자 오지 않는다

위기 뒤에 항상 기회가 따라오고

기회 뒤에는 언제나 위기가 따라온다는 사실

승마의 아침

아침마다 자욱이 안개가 낀다
거대한 안개가 두렵고 두려움은
익숙하게 가슴으로 스며든다
외면해도 항상 그 자리에 선 나무들처럼

그는 안개를 뚫고 걸어온다
익숙한 발자국 소리로 함께

익숙하지 않을 때는 경계를 늦추지 않으나
받아들이고 나면 한결 가벼워진다
바깥의 안개가 두려울 때
습관은 편리한 핑계다

이른 아침은 누구에게나 힘든 과제다
사람도 말도 움츠린 몸을 쉽게 펴지 않는다
잠시 잠깐 동안의 무기력함을 이기고 나면
힘찬 출발을 할 수 있다
비로소 우리 앞의 안개도 걷힐 것이다

차 향

맑고 깊은 차 한 잔에는
초록빛 자연이 한 움큼 깃들어 있다
차를 마시는 일은
자연을 취하는 것

상념으로 어질러진 마음을 다독이고
건강을 이롭게 하는 차는 친근한 벗이요
몸을 보하는 한 첩의 보약

향긋한 차 향이 감도는 한 폭의 산수화처럼

인생의 속도

인생에는 속도가 있습니다
너무 빨리 달려도 아니 되고
너무 느리게 달려도 아니 되는
인생의 속도 말입니다

과속을 하며
목표 지점에 다다르려면
그만큼 위험도 따르게 되고
얻는 것만큼
잃는 것도 있을 것입니다

인생의 속도
너무 빨리 달려도 아니 되고
너무 느리게 달려도 아니 되는
알맞은 속도 말입니다
인생은 장거리경주입니다

순간순간마다 펼쳐지는

대자연의 아름다운 풍광

즐길 수도 있어야 하고

장면장면마다 전개되는

인생의 묘미를 향유할 수 있는

그런 인생의 속도 말입니다

오리진

블루오션은 얼마 후
레드오션으로 바뀌고

많이 놀아 봐야 하고
새로운 것을
만들어 내려면
생각할 시간이 있어야 하고
다른 분야를
기웃거려 볼 여유가 있어야 한다

운명을 바꾸는 창조의 기술
멋지게 사는 길은 자신이 오리진이 되는 것

결심

인생을 살아가면서
수많은 선택의 기로에 서게 된다
단 한 번의 잘못된 선택으로
고통과
파국의 나락으로 추락하기도 한다

이것이 옳은 일인가
의미 있는 일인가
내 마음이 편한가
의미 있고 가치 있는 선택을 하고
귀중한 결심을 하여야 한다

조금 더 사랑하고
조금 더 감사하고
조금 더 축복하고
조금 더 나누어주고
조금 더 웃고
조금 더 배려하고

조금 더 행복할 수 있도록

지금부터 미소 짓겠다는 마음으로 작정하고 시작하자

직관

심사숙고보다 강한
직관의 힘
하나하나 지능을 가진
나를 바라보고
그것들이 도시에 내는 힘
그 울림이 느낌으로 다가오는데
바로 그 느낌이 직감이며
직감에 의해
외부의 사건을 바라보는 것이 직관입니다

프로세스 중심적 사고를
뛰어넘어
솔루션을 향해
양자 도약하는 중요한 능력이 될 것입니다

명상을 하고
열린 질문을 하며
이미지를 떠올리고 움직여서

공상에 빠져보고

느낌을 확인하며

내 몸이 말하는 바를 들을 것입니다

직관이라는 능력이나 재능을 의식하지는 않으나

이미 직관의 힘을 만든다면 섬광 같은 통찰력을 발휘하게

될 것입니다

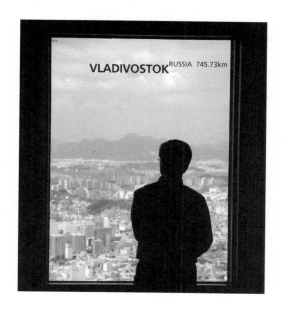

가을 풍경

계절의 변화는 놀랍다
울긋불긋 찬란한 오색 빛깔로
옷을 갈아입는 나무들
길가다 만나는 이들의
두꺼운 외투 차림에도 가을이 내려앉았다

바람에 억새가 흔들거리는 억새공원
고즈넉한 풍경을 선사하는 고궁
바스락바스락 낙엽을 밟으며
걸어보는 단풍과 낙엽의 거리
스산하게 깊어가는 가을 풍경 가슴에 담아본다

구월

눈 감아도 황금물결 너울너울
연중 따가운 햇살 받아
전원의 열매 팽팽히 살 오르고
아이들도 알밤처럼 여물어만 가는데
신선해진 바람 한 줄기
한낮 땀방울을 스치고 지나가네

어느새 뉘엿뉘엿
빨간 고추잠자리
저녁노을 지고 나르고
염치없는 풀벌레들
방 안까지 들어와 우는데
텅텅 박속같이
속을 비운 우물 위로
한가위 달님
넉넉하고 고즈넉이 둥실둥실 살포시 떠오르네

모멸감

맥박과 혈압이 빨라집니다
근육이 수축되면서
머리가 쭈뼛쭈뼛 서는 것 같습니다
숨은 가빠지고
이마엔 땀방울이
송골송골 맺히기 시작합니다

누구나 겪지만
경험하기 싫은 순간입니다
그저 불쾌하고
짜증나는 일쯤으로 여기고
다시는 생각하지 않으렵니다

길을 걷다보면
오르막 내리막이 있듯이
인생에도 여러 굴곡이 있게 마련입니다
때로 모멸감이라는
별로 반갑지만 않은 친구와도 마주치게 됩니다

애써 외면만 하려 말고
지름길로 안내하는 좋은 친구로
만들어보는 것이 어떨까 싶습니다
상황을 냉철하게 둘러보고
부족함을 발견하면
그것이 바로 성공의 첫 주춧돌을 쌓는 시작이 될 수 있을
것이라 믿습니다

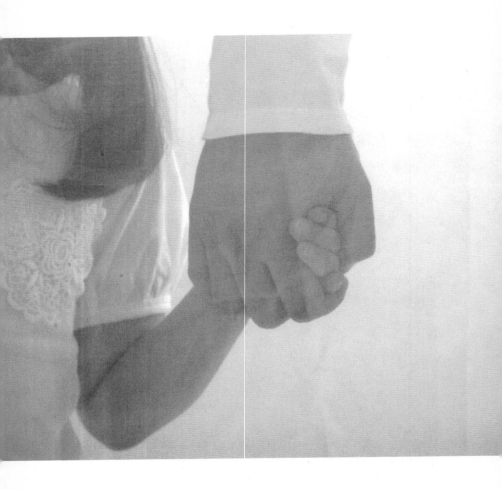

온기

천사들이 뿌려준 보석들이
밤새 소리 소문 없이 내려와 앉아
마음 꽃으로 피어나는 계절입니다

차가운 바람과 매서운 추위가
마음까지 꽁꽁 얼어붙게 만들어도
마음속에 담아 놓은 작은 나눔의 화로는
꺼지지 않고 세상에 따뜻함의 온기를 전한다

말없이 다가와 살포시 잡아주는 손은 삼십육 도 오부
두 팔 벌려 따스하게 감싸주는 포옹은 칠십삼 도
서로서로가 손을 맞잡고 살며시 다가오는 마음의 온정은
삼백육십오 도다

지금 그대 곁에 있는
작고 여린 이웃의 손을 오붓이 잡아주세요
그리고 오롯이 자분자분 진심으로 안아주세요
따스한 포옹 감쌈의 문화가
세상에서 가장 큰 보물이자 선물이기에

중년 부부

질풍노도의 청년기보다
더 많은 변화를 경험하게 되는 시기인지 모른다
부부 사이
심리와 역할에서도 많은 변화가 따르고
함께할 든든한 동반자를 원한다면
서로의 변화를 이해하고
적응하는 법을 배워야만 됩니다

경제를 책임지고
살림과 양육을 책임지는 남편과 아내의 역할에서
남성과 여성의 관계로 변화한다
행복과 불행은
이전 단계의 친밀도가 어떻든지에 따라
차이를 보여주고
겪게 되는 변화를 적응, 이해하느냐에 따라 큰 차이를 보입니다

관계가 좋아져서
행복한 황혼기

건강한 동반자로 지내거나

관계가 나빠져서

불화 별거 우울 황혼이혼으로 진행될 수 있습니다

변화를 수용하고 이해하며

존경과 감사의 마음을 가지고

경청과 대화의 기술이 있어야 합니다

웃음꽃

그저 바라만 보아도 절로 미소 짓게 되는 풍경
아이의 해맑은 얼굴
그 얼굴에 얹히는 한없이 사랑스러운 웃음과 철없는 종알
거림
나비가 꽃에 이끌리듯
엄마 손잡고 아이가 봄나들이 나왔습니다

멀리서 보면 제 앞에 놓인 꽃인지 나비인지 돌멩이인지
분간이 안 되는 아이는 그대로 하나의 아름다운 풍경입니다

모처럼 나선 나들이 길인데 만난 아이들이 성가지다고 생각
하지 마세요
짧은 봄처럼
곧 꽃을 거두는 식물처럼 아이들은 금세 자라니까요

부지런한 사람만이 봄을 만끽하듯
여유를 가진 사람만이 순수함을 누릴 수 있답니다

화려한 꽃만 보지 마시고

아이들에게도 눈을 맞춰보세요

까르르 까꿍! 웃음꽃이 화알짝 피어납니다

봄꽃

지혜로운 농부는
꽃보다 먼저 봄기운을 알아채고
한 해 농사를 준비합니다

이 땅 곳곳이
꽃으로 물들어가는 춘분은
낮과 밤의 길이가 같아지고
제법 따뜻한 볕이 내리쬐는 절기

강남 갔던 제비가
돌아올 삼짇날이 되기 전에
부지런히 밭을 갈고 씨를 부려야 합니다

농부에게 뿐이랴
봄날의 꽃은
자, 이제 출발하라는 신호입니다

새로운 출발을 앞둔 이에게 띄우는 축복의 미소입니다

봄

따스한 햇살 아래 봄 향기 가득하고
노오란 튤립들이 모여서 난상토론
들꽃의 무늬 밟으며 짜갈거리는 눈웃음

어설픈 햇병아리 살랑의 봄바람에
마음을 요동치는 순간의 포착으로
세상을 변화시키는 사랑의 속삭임

말보다 큰 언어로 사람의 눈을 열고
마음의 문을 열어 자연이 주는 것을
마음껏 누려야 하는 우리들의 행복샘

고백

그대는 내게
한 그루의 쉼터인
그늘나무

목이 긴 학이 되어
길목에 서 있어요
내가 할 수 있는 것
내가 해주고 지킬 수 있는 것
바라고 싶은 것 있다면

만났기에 외롭고
외롭기에 만났지요

아, 그대는
한 그루의 나무
천년 숲을 일구는 영혼의 나무

베이비붐 세대

아들 딸 키우고
부모님 모시는 데
매달리노라
자신의 노후 준비 소홀로
삼중고를 겪는 그대들이여

자녀 교육
결혼 비용
부모 부양
지금의 생활비로
낀 세대요 샌드위치 세대여

백 세까지 살 것으로
예금 채권 비중 늘리고
자기 미래에 투자하며
기대 수준을 낮추고
운동으로 건강을 유지하면

건강이 제일의 재산이요 모두이니

건강한 꿈 행복한 꿈 아름다운 꿈으로 열정적이며 희망적

인 삶으로 영위되기를

나목

사람들은 모르지
소리 없는 소리로
낮밤 가리지 않고
자붓이 초록 생명 이야기꽃을 피운다는 것을

사람들은 모르지
산고대의 절정은
오롯이 바람과 마주하여
긴 시간을
빈 가지로
온종일 울고 있을 때라는 것을

사람들은 모르지
눈꽃 송이 살포시 내려앉아
내 몸 감싸 덮을 때가
내 生
가장
따스함을 느끼고 있을 때라는 것을…

무병장수

같은 조건과 환경에서라면
행복과 긍정의 영향력이 대단하다면
기쁨
희망
감사
흥미
만족
사랑
행복이라는
긍정의 언어 사용을 더 많이 하자

두려움
분노
근심
걱정
힘들고
어려움이
밀려오는 부정적인 감정에서 벗어나자

웃으면 고통 고난 통증 질병 사라지고
행복과 긍정적인 마음으로
질병을 예방하고 치료하며 수명을 연장시키는 정서가 안
정되리니

사랑

생에 빛을 주고
기쁨
보람
의미
가치
희망을 주는 것
우리 생활의 등뼈와 기둥이

인생을 행복하게 살려면
애정의 향기를 발산해야 합니다
나는 그대를 믿고
그대는 나를 믿을 수 있어야 합니다
서로 믿기 때문에
함께 잘 살 수 있고
같이 친해질 수 있습니다

사람 봉사 화목 협동 대화 희생
인간의 아름다운 덕이

모두 다 믿음과 신의의 토대 위에서
비로소 가능합니다

신의와 믿음의 질서가 무너질 때
모든 것이 무너지고 맙니다

사랑과 믿음 그리고 행복은
하나의 가치임과 동시에 삶의 기초입니다

사랑과 믿음과 창조의 토대 위에
행복의 탑을 쌓고
기쁘고 즐겁고 평안한 생활의 요람을 만들어야 합니다

그런 우리들일 때 인생의 아름답고 행복한 꿈을 꾸며 살
게 될 것입니다

가을 한 잔

가을 한 잔
아주 진하게 우러난
슬픔의 눈물은 다 빼고
기쁨만 가득 채웠어요
드시면 잘 익어 숙성한
가을 한 모금 자분자분 스밀겁니다

한 잔 더 들고 가시죠
무거운 마음 내려놓고
선한 눈빛 마음에 내걸며
그윽한가요
그대가 곁에 있었더라면
오래도록 짠했을 겁니다

탓하진 마세요
건성건성 건너간 시간들도
고개 숙이며 발밑으로 굴러오고 있잖아요
모르긴 해도

계수나무 잎마다 솜사탕 향이 은은하게 피어날 겁니다

가을이 떠나는 줄도 모르고
눈물이 찻물에 식는 줄도 모르고
그대가 혀끝까지 아니 명치 밑까지
왔다 갔는 줄도 모르고 모르고…

자연 2

풀
꽃
새
나무
개미
벌이
우뚝 아니 옹기종기 모여 사는

풀은 지조 있게 흔들고
꽃이 방실방실 웃으며
새는 재잘재잘 대고
나무가 우뚝 서 있어 뽐내고
개미가 땀 흘리며 일하는
벌이 꽃을 찾아 꿀을 따오는

자연 속의 총천연색 시네마스코프
있는 그대로 꾸밈없이 자연스럽게
굳세고 바르고 정답게

산 강 바다 비 바람 구름

웰빙 로하스 힐링으로 행복과 아름다움을 만끽하며 살 수

있는 곳

나로도

회색 빌딩숲에서 사는 도시인은
늘 몸과 마음의 병을 안고 산다

도시에는 그의 몸을 치유해주는 병원과
마음을 치유시켜주는 종교 시설이 밀집되어 있는지도 모르
겠다

요즘 들어 몸과 마음을 치유하기 위해
자연의 숲으로 눈을 돌리는 이들이 많아지고 있다

아주 먼 옛날 숲은 삶의 터전이었고
하늘과 맞닿은 신성한 종교 대상이었다

봄볕이 따뜻한 어느 날
그 오래 전의 숲으로 떠나보련다
삼나무 숲 사이로 난 오솔길을 따라 깊숙한 심호흡으로
유쾌 상쾌 명쾌 통쾌한 공기를 마셔본다

몸과 마음에 찌든 때가 사라지는 듯하며
잡념을 잊고 오로지 호흡에만 집중할 수 있었다
삼나무 숲 소나무 숲 비자나무 숲
상록수가 우거진 여러 숲을 걷다 보니
몸이 깨어나고 마음이 열리는 것 같았다

전남 고흥 나로도는
아름다운 숲 몸을 깨우는 숲 마음을 여는 바다의 진수임을

한 장 남은 달력

지나간 열한 장의 달력에게
수고했다고 격려해 줄래요
열한 장의 달력이 스치고 살포시 지나가는 동안
누군가에게 따스한 말의 위로가 있었을 것이고
착하고 좋은 일하였다고 칭찬했을 것이며
때로 감사하며 살고
이 세상에 가장 아름다운 행복자로 살았습니다

누구나 행복을 원하나
기분 좋은 일의 연속은 아니잖은가
때로는 슬프고
때로는 견디기 힘든 상황이 느닷없이 닥쳐도
마음을 헤아리고 알아주는
그 누가 있었기에
그 누가 있는 것만으로도 힘을 얻게 된답니다

마지막 한 장 남은 달력에서
지난 상처 싸매어주고

따스하게 안아주며

그 포옹으로 감싸주는

만남과 사랑의 연속선상에서

쓰라린 상처 싸매어주는

한 장의 달력 속에서

큰 힘을 얻어 그냥 지나가렵니다

농심農心으로 일군
시詩의 밭

- 황치복(문학평론가)

약력 1997년 동아일보 신춘문예 문학평론 당선(문학평론가)
2005년 고려대학교 대학원 국문학과 박사과정 졸업
저서 『동아시아 근대 문학사상의 비교연구』
역서 『나츠메 소세키의 문명론』, 『나츠메 소세키의 문학예술론』

1. 농심으로 바라본 세상

박태진 시인의 처녀 시집 『나목』에는 농사를 지으면서 세상
을 바라본 농사꾼의 정직한 세상 읽기가 수놓아져 있다. 농부
의 시선으로 바라본 세상은 따스하고 충일한 것이기도 하지만,
우리의 의지로 어찌할 수 없는 운명론적 신비가 고스란히 살아
있는 주술적인 색채를 띠기도 한다. 이러한 시적 지평은 최첨
단의 디지털 문명이 추구해야 할 오래된 미래로서 가치를 지니
고 있다는 점에서 여전히 문제적인 관점이라 할 만하다. 연보
에서 알 수 있듯이, 시인은 오랜 세월 동안 직접 농사를 지으면
서 농촌지도소에서 근무하기도 하고, 농협대학에서 귀농·귀촌
강사로 활동하면서 농업과 관련된 일을 하면서 한평생을 보냈

다. 이러한 삶의 경험들이 시인으로 하여금 세상을 '농심農心'의 시각에서 바라보게 했을 것이다.

농사란 무엇인가? 땅에 씨를 뿌려서 기르고 거두는 일을 지칭하는 농사는 생명을 키우는 것과 다르지 않으며, 그래서 자식을 낳아서 기르는 일도 자식 농사를 짓는다고 한다. 농사라는 것이 생명을 틔우고, 보살피고 가꾸어서 결실을 맺도록 조장하고 돕는 일체의 과정을 지칭한다고 할 때, 그것은 뭇 생명을 사랑하는 일과 다르지 않다. 그렇기 때문에 농사라는 용어를 한 마디로 줄이면 '사랑'이 될 것인데, 시라는 문학 장르도 삼라만상의 모든 사건과 현상에 대해서 관심을 가지고 그것의 의미와 가치를 탐구하고 발견하는 시각을 필요로 한다는 점에서 사랑과 다르지 않을 것이다.

농사를 짓는 것이나 시를 쓰는 행위가 결국 '사랑'이라는 하나의 길에서 만난다고 할 수 있는데, 박태진 시인의 시작 활동도 궁극적으로 이 세상에서 뭇 생명들에 대해 사랑을 실천하는 행동과 다르지 않다고 하겠다. 하지만 뭇 사랑과 달리 농심을 통한 사랑의 실천은 보다 순박하고 애틋하며, 대자연의 사랑 속에 깃들고자 한다는 점에서 겸손한 성격을 지니고 있다. 박태진 시인의 시편들이 대부분 경어체의 어조를 취하고 있는 것은 생명에 대한 조심스러운 태도를 반영하는 것도 있겠지만, 자신보다 좀 더 커다란 존재의 손길을 의식하면서 그것에 귀의하고자 하는 욕망이 숨 쉬고 있기 때문일 것이다.

농부의 눈으로 바라본 세상은 어떤 모습일까? 다 된 농사를 망치는 가뭄이나 홍수, 혹은 우박이나 서리 등의 자연재해로 인해 농작물이 죽어가는 것을 바라봐야 하는 고통과 아픔으로 가득 찬 곳이 세상의 한 축을 구성하고 있다면, 뿌린 씨앗이 발아發芽하는 경이를 발견하는 기쁨, 그리고 성숙과 결실을 바라보는 가슴 벅찬 감격을 산출하는 곳이 또 따른 세상의 한 지평을 구성하고 있을 것이다. 이러한 세계를 반영하는 농심農心을 규정하는 가장 중요한 특징은 자신의 의지로 모든 것을 좌우할 수 없다는 것, 날씨가 도와주고 토양이 도와주어야 발아를 하고 결실을 이룰 수 있다는 사실을 인정하는 태도일 것이다. 그것은 이성적 사고에 의해서 세상을 변혁할 수 있다는 근대적 주체 중심의 사고방식과 날카로운 대비를 이룬다. 풍년을 기원하는 행사를 하거나 기우제를 지내는 등의 초자연적 존재에 대해서 의지하고 기원하는 태도 등을 고려해 보면 농사를 짓는 사람들의 마음속에는 세상이란 자신의 의지로 좌우할 수 없으며, 더 큰 존재의 의지에 귀의해야 한다는 생각이 잠재되어 있는 것이다.

이러한 메커니즘으로 인해서 농사를 짓는 농부의 마음은 생명에 대한 애틋한 마음과 애착이 자리할 수밖에 없으며, 자신 밖의 어떤 존재가 자신과 자신의 농작물의 운명을 좌우할 수 있다는 겸손한 마음을 지닐 수밖에 없는 것이다. 박태진 시인의 시 작품 속에 생명에 대한 경이와 애착, 그리고 자신의 운명을 굴려가는 더 큰 존재로서의 어떤 섭리攝理에 대한 자각이 자리 잡고 있는 것은 이러한 메커니즘으로 인한 자연스러운 결과일 것이다. 농부의 심정으로 생명으로 점철된 시의 밭을 일구는 시인의 작업 속으로 들어가 보자.

지혜로운 농부는
꽃보다 먼저 봄기운을 알아채고
한 해 농사를 준비합니다

이 땅 곳곳이
꽃으로 물들어가는 춘분은
낮과 밤의 길이가 같아지고
제법 따듯한 볕이 내리쬐는 절기

강남 갔던 제비가
돌아올 삼짇날이 되기 전에
부지런히 밭을 갈고 씨를 뿌려야 합니다

농부에게 뿐이랴
봄날의 꽃은

자, 이제 출발하라는 신호입니다

새로운 출발을 앞둔 이에게 띄우는 축복의 미소입니다.

– 「봄꽃」 전문

　농사꾼의 삶과 생각은 절기節氣와 긴밀히 결부되어 있는데, 이 시의 '춘분'이나 '삼짇날' 등의 시어들이 농부들의 세계관과 사고방식을 대변해 주고 있다. 춘분은 하루의 밤과 낮이 같아지는 시간이며, 이후 낮이 더욱 길어질 것을 예고하는 절기이다. 따라서 햇볕이 풍부해질 것을 예고함으로써 씨앗을 심을 것을 권고해 주는 절기라고 할 수 있으며, 음력 3월 3일에 해당되는 삼짇날은 "강남 갔던 제비가/돌아"오는 날로서 바야흐로 봄이 시작되었음을 알리는 표지이다. 농경 사회에서 생활했던 선조들은 이날 장을 담그면 장맛이 좋다고 하여 장을 담그기도 하고 집을 수리하기도 했으며, 농경제를 지내 풍년을 기원했다고 한다.

　춘분이나 삼짇날 같은 절기조차 예사로운 것이 아니라 밭을 갈고 씨앗을 뿌려야 한다는 하나의 신호로 간주하는 농부들에게 봄꽃 또한 단순한 감상의 대상에 그치는 것은 아닐 것이다. 그것은 이제 곡식과 야채의 씨앗을 뿌려 꽃을 피우고 결실을 거두어야 한다는 하나의 전조로 수용되는 것이다. 그것은 한 해의 농사가 바야흐로 시작되어야 하며, 드디어 씨앗이 발아될 수 있는 조건이 충족되었음을 알리는 표지이기도 할 것이다. 그리하여 봄꽃은 농부들에게 새로운 시작, "새로운 출발"의 상징으로서 수용되어 조급한 마음을 일으키는 대상이 된다. 이러한 조급한 마음속에는 토실토실한 알곡에 대한 기대와 예감이 전제되어 있으며, 그러한 결실을 향한 설렘이 추동하고 있기에 봄꽃은 새로운 출발로 다가올 수 있는 것이다.

실속 있는 흙 속의 알
여름 나절
토란잎에 내리는 빗줄기는
아련한 그리움을 불러온다
토란잎을 우산 삼아 달리던
유년의 추억이기도 하고
장독대 뒤란에 심어져 있던
토란잎의 나른한 슬픔이기도 하다

흙 속의 알토란은
연잎처럼 잎이 퍼졌다
토련 우자라고도 불리는

버릴 것 없는 채소

알토란

재산이 살림이

옹골차고 실속 있다는 의미만큼이나

영양이 꽉 찬 토란으로

건강도 생활도

알토란처럼 챙겨보며 실속 있게 살리라

– 「토란」 전문

'알토란'이란 말이 암시하고 있듯이, 토란은 모든 실속 있는 알곡의 대명사로서 속이 영양분으로 꽉 찬 결실의 기쁨을 대변해 준다. 옹골차고 실속 있다는 의미를 지닌 알토란은 모든 농부들이 농사에 임하는 궁극적인 목표이자 도달점일 것이다. 그것은 알토란을 비롯하여 토란잎, 토란대 등 버릴 것이 하나도 없는 식물인데, 이러한 점에서 토란은 농사의 상징이기도 하다. 농사란 모든 결실을 재활용하는 것이며, 순환적 세계관의 한 전형이라고 할 수 있는데, 토란은 그러한 재생과 재활용의 가장 대표적인 사례가 되는 것이다.

그뿐만 아니라 토란은 우리네 조상들의 삶의 추억과 애환을 고스란히 간직하고 있다. 미처 우산을 챙기지 못한 여름날 만나는 소나기는 당황스럽기 그지없는데, 토란잎은 비를 피하는 훌륭한 우산의 역할을 대신해주었다. 또한 농부의 아낙네는 농사를 짓거나 자식을 기르면서 겪는 설움과 애환을 뒤란의 장독대 뒤에서 풀기도 했는데, 아낙네의 신세 한탄과 눈물 바람을 고스란히 받아주던 것이 토란잎이기도 했다. 토란은 농부들의 결실의 꿈을 간직하고 있는 작물이기도 하지만, 우리네 조상들의 삶의 애환과 추억까지 담고 있는 상징물이기도 한 것이다. 단순히 재배해서 돈을 벌고, 먹을거리를 장만하는 것으로 생각하는 것이 아니라 작물 속에서 우리네 조상들의 삶의 흔적들을 더듬고 그것을 되새기는 것이 바로 농부들의 삶의 일상일 것인데, 이 작품은 바로 이러한 내면 풍경까지 담아내고 있는 셈이다. 그러나 무엇보다 농부들의 내면을 잘 드러내주는 것은 그러한 식물들이 뿌리를 내리고 꽃을 피우고, 결실을 맺도록 기원하는 간절한 마음일 것이다.

풍년들게
겸손하게
깊어지게 하소서

떨어진 자리에
싹을 틔워야 하고
뿌리를 내려야 하며
몸을 쪼개 결실해야

다음의 생을 영위할 수 있으니

농사는 사람이 짓는 게 아니라
하늘이 짓는다
농사를 준비하는 것은
우리 모두여야 한다
농사를 짓는 것은
하늘임이 분명하다

우리의 행위에 비례해서
풍흉의 길이 열리고 닫혀 왔다
사람과 작물이 하나로 통하는 길이
농심이기에
겸손하게 고개 숙이지 않으면
그 길이 열려 있어도 걸어갈 수 없다는 진리를…

– 「농심」 전문

줄탁啐啄이라는 말이 있다. 줄啐이란 알 속의 병아리가 껍질
을 깨고 나오기 위해서 안에서 껍질을 쪼는 것을 말하고, 탁啄
이란 알 속에서 나는 소리를 듣고 어미 닭이 밖에서 껍질을 쪼
아 깨주는 것을 말한다. 그러니까 줄탁啐啄이란 안쪽의 생명력

과 바깥의 기운이 절묘하게 일치하여 하나의 생명이 탄생하는 극적인 순간을 말해주는 용어라고 할 수 있다. 불교에서는 줄啐을 깨달음을 향해 나아가는 수행자로, 그리고 탁啄을 그러한 수행자를 깨달음으로 인도하는 스승을 지칭하기도 하지만, 어쨌든 생명을 싹 틔우고 그것이 만개하는 원리를 지칭하는 용어로서 줄탁은 생명을 주재하는 우주의 섭리攝理를 표상해주고 있다고 하겠다.

이 시에서 시적 주체는 농사란 사람이 짓는 것이 아니라 하늘이 짓는 것이라고 하면서 또한 농사를 준비하는 것은 우리 모두여야 한다고 주장한다. 그리고 우리의 행위에 비례해서 풍흉의 길의 열리고도 닫힌다고 진술하기도 한다. 서로 모순되는 말인 것처럼 보이지만, 이러한 시적 진술은 모두 줄탁의 원리를 설명한 것으로 이해할 수 있다. 작물과 사람이 줄탁의 원리라는 하나의 끈으로 연결되어 있으며, 사람의 의지와 하늘의 섭리가 줄탁으로 연결되어 있다. 농사에 참여하는 모든 존재들, 즉 작물과 사람과 하늘이 안과 밖으로 서로 연결되어 있으면서 커다란 거미줄을 형성하고 있는 것이 바로 농사짓는 과정이며, 농촌공동체의 구조일 것이다.

땅에 떨어져 싹을 틔우고, 뿌리를 내린 알곡들은 다시 자신의 몸을 쪼개 결실을 이룬다. 물론 그 결실은 작물의 의지와 사람의 보살핌, 하늘의 기운에 의해서 달라질 것이다. 그리고 자신의 몸을 쪼개 결실을 이룬 농작물은 다음 생을 통해서 그러한 과정을 반복할 것이다. 이처럼 끝없는 생명의 연쇄로 이어진 길이 농사의 길이며, 그러한 길은 또한 햇볕과 비와 바람과 구름 등의 자연물의 참여에 의해 이루어지고, 농부들의 관심과 염려와 땀에 의해서 겨우 유지되는 길이며, 작물의 의지와 노력에 의해서 이루어지는 것이다. 그렇기 때문에 그 길은 농부 혼자서 개척할 수 없으며, 씨앗과 기후와 토양, 그리고 농부들의 의지라는 다양한 요소들의 참여와 노력에 의해서 개척되는 것이다. 이러한 사실을 자각하는 것이 바로 농심에 이르는 길, 즉 겸손해지고, 깊어지고, 그래서 고개를 숙이는 길이라고 할 수 있을 것이다. 이 작품은 바로 이러한 농심의 깊고 넓은 세계를 아름답게 펼쳐 보여주고 있다.

2. 생명에 대한 통찰

농부의 마음으로 세계를 바라보는 것, 농부의 심정으로 시간의 흐름을 감지하고 자연의 부름에 응답하려는 것이 박태진 시인의 기본적인 시작 태도임을 확인해 보았다. 농부의 심정으로 세계를 본다는 것은 세계가 자신의 의지만으로 개척될 수 없으며, 수많은 다른 입김들이 참여해야 한다는 것을 수용하는 겸손의 길이기도 하고, 농작물에 깃들어 있는 우리 조상들의 피와 땀과 눈물, 그리고 숨결과 역사의 흔적들을 읽어내는 것이기도 했다. 그러나 무엇보다 중요한 것은 농작물에 깃든 생명의 가치와 의미를 자각하고 그것을 소중히 생각하는 마음이라

고 할 것이다. 박태진 시인의 이번 시집에서 생명에 대한 관심
과 애착, 공감과 연민 등의 다양한 시적 태도를 발견할 수 있는
것은 그가 진정한 농심의 눈으로 세계를 바라보고 있다는 하나
의 방증이기도 하다.

느릿느릿
흙길을 걷는다

한 걸음 한 걸음
내디딜 때마다
흙은 온몸으로 나를 밀어 올린다

세상의 모든 생명을 품어
하늘로 밀어 올린다

초록 기운으로 가득한
여름 흙길은
인적이 드문 대신
다람쥐와 새들
벌과 나비들의 세상이다

그 길을 걷노라면

맑은 초록은 푸른 휘파람 소리를 낸다

                               - 「흙길3」전문

    가끔씩 홍수가 나서 토사가 유출되고, 도로가 유실되는 현장을 뉴스 영상을 통해 보곤 한다. 엿가락처럼 구부러져 늘어져 있는 아스팔트의 모습을 보고 있노라면 새삼 자연의 힘이 지닌 가공할 만한 위력을 느끼게 된다. 그런데 더욱 충격적인 것은 그토록 단단하게 땅을 덮고 있을 것이라고 생각했던 아스팔트의 얄팍함이 여실이 드러나고 만다는 점이다. 1미터의 깊이도 안 되는 아스팔트길의 얄팍함은 그 아래, 지구의 핵심까지 이어져 있을 흙의 두터움과 대비해보면 더욱 극적으로 부각되기도 한다. 그러한 대조는 인간이 만들어낸 문명의 얄팍함과 자연의 심오함에 대해 많은 생각을 하도록 한다.

    이 시는 이러한 생각을 바탕으로 하여 흙길이 지닌 생명의 속성에 대해서 통찰하고 있다. 흙길에는 아스팔트를 질주하는 자동차가 다니지 않는다는 점에서 문명의 속도가 존재하지 않는다. 즉 그곳은 자연의 시간이 흐르고 있으며, 자연의 공간이 자리 잡고 있다는 점에서 아스팔트의 문명과 대비를 이룬다. 그렇기 때문에 거기에는 생명이 깃들 수 있다. 사람의 발길이 드문 곳, 인간의 손길이 미치지 않기에 그곳은 문명의 공간이 아니라 자연의 터전이며 생명이 깃드는 보금자리인 셈이다. 다람쥐와 새들, 그리고 벌과 나비들이 그곳의 주인인 것은 흙길이 생명의 터전이기 때문일 것이다.

그런데 시인은 흙길의 흙이 "온몸으로 나를 밀어 올린다"고 표현하기도 하고, "세상의 모든 생명을 품어/하늘로 밀어 올린다"라고 다시금 강조하고 있다. 흙이 혼자서 생명을 하늘로 밀어 올리는 것은 아닐 것이다. 역시 줄탁의 과정이 필요할 것인데, 생명체가 스스로 신장하고 상승하고자 하는 의지를 지니고 노력할 때, 그에 맞춰서 흙은 자양분을 제공하여 그것을 도와서 밀어 올려줄 것이다. 그러한 점에서 흙은 병아리가 안에서 껍질을 깨는 것을 도와주는 어미 닭과 같은 존재라고 할 수 있으며, 실제로 흙은 모든 생명에 터전을 제공하여 품어서 기르는 모성을 지니고 있다고 할 수 있다. 모성적 속성을 지니고 있기에 흙은 모든 생명을 하늘로 밀어 올릴 수 있을 것인데, 흙이 생명들을 하늘로 밀어 올리는 것은 좀 더 많은 햇볕을 받아서 생명이 신장하고 확장하여 결실을 거두는 과정으로 나아가는 것을 돕고자 하는 섭리 때문일 것이다. 부모가 자식의 성장과 발전을 바라는 것처럼 흙은 생명의 성숙과 결실을 돕고자 하는 모성적 본능을 발휘하고 있는 것이다. 생명은 이처럼 양육하고 조장하는 힘에 의해 겨우 지탱되는 연약하고 취약한 속성을 지닌 것인지도 모른다. 그렇기 때문에 다람쥐와 새 그리고 벌과 나비들을 위한 환경의 보전이 그만큼 더 절실한 이유가 되기도 한다. 생명에게 흙이 토대가 된다면 물은 그 육신을 제공하는 원천일 것이다.

물은 만물을 담아내는
거울과 같은 존재다

말없이 흐르며
많은 이미지들을
생산하고 있으며
더불어 여러 흩어진 이미지들을
하나로 묶어
정갈하게 담아내기도 한다

물은 그 자체로
영감의 원천이며
상상력을 자극하는 살아있는 생명이다

– 「물의 예술」 전문

물론 이 시에서 물의 속성에 대해서 접근하는 관점은 예술적
인 시각이라고 할 수 있다. 시적 논리를 쫓아가 보면, 물은 만
물을 담아내는 거울과 같은 존재이며, 다양한 이미지들을 생산
하고 담아내는 그릇이기도 하고, 상상력과 영감을 제공하는 예

술의 원천이기도 하다. 물은 거울처럼 만물을 담아낸다는 점에서 현상을 모방하는 하나의 회화 작품과 같으며, 다양한 이미지들을 생산하고 묶어내어 어떤 꼴을 만든다는 점에서 시 작품과 유사한 속성을 지니고 있다. 실제로 물은 액체로 흐르다가 뜨거운 햇빛을 받으면 수증기로 기화하여 구름과 연무가 되기도 하고, 찬 기운을 만나면 단단하고 투명한 얼음으로 변하기도 한다. 기체에서 액체로, 혹은 액체에서 기체로, 그리고 액체에서 고체로, 또는 고체에서 액체로 다양하게 변모하는 물은 이미지의 다양한 변화와 유동적인 상상력의 흐름을 표상해주는 상징적인 사물이라고 할 수 있다.

이러한 속성을 지녔기 때문에 시인은 물을 "영감의 원천이며/상상력을 자극하는 살아있는 생명"이라고 정의하고 있기도 하다. 물은 예술 작품의 원천으로 간주하고 있는 셈인데, 영감이라든가 상상력 등의 용어들이 물의 예술적 성격을 강조하고 있다. 그런데 시인은 유독 물을 상상력을 자극하는 "살아있는 생명"이라고 규정하면서 물의 생명적 성격을 부각하고 있다. 어찌 보면 이러한 진술은 물이 생명이기 때문에 영감을 제공하고 상상력을 자극할 수 있는 의미로 해석되기도 한다. 이러한 관점에서 보면 이 시는 전혀 다른 관점으로 접근해볼 수 있기도 하다. 물이 만물을 담아내는 거울이라는 진술은 단순히 사물을 반영하는 거울과 같은 속성을 지닌 물이 아니라 만물의 내부에 들어가 모든 만물을 생성해내는 창조자로서의 물의 성격을 강조하는 구절로 재해석되기도 한다. 그리고 많은 이미지를 생산하는 물은 그야말로 다양한 존재자들을 창조하는 물의 속성으로, 그리고 다양한 이미지들을 묶어 내는 물의 역능은 모든 생명체들 속에 존재하면서 생명의 원리라는 보편성으로 작용하는 물의 속성을 지칭한 것으로 재해석할 수 있는 것이다.

물론 물이 반드시 "살아있는 생명"이기 때문에 영감의 원천이고 상상력의 원천이 되는 것은 아닐 것이다. 중요한 것은 시인이 그렇게 생각하고 있다는 점이다. 물을 살아있는 생명으로 간주하고, 그렇기 때문에 모든 예술 작품의 원천인 영감과 상상력을 제공할 수 있다는 생각에는 시인의 생명에 대한 경사와 무의식적 관심이 반영되어 있는 것이다. 그리고 그러한 경사와 관심의 중요한 의미는 생명이야말로 예술의 근원이며, 생명이야말로 다양한 이미지들을 생성하고 종합하는 원리가 된다는 점이다. 이러한 시적 논리 속에는 농사꾼으로서 세상을 바라본 시인의 독특한 생명관이 내재되어 있는 셈이다. 시인의 이러한 생명에 대한 관심과 열정은 죽음이 지배하는 계절의 겨울나무 속에서도 생명의 기미를 읽어 내게 한다.

사람들은 모르지

소리 없는 소리로
낮밤 가리지 않고

자븟이 초록 생명 이야기꽃을 피운다는 것을

사람들은 모르지
상고대의 절정은
오롯이 바람과 마주하여
긴 시간을
빈 가지로
온종일 울고 있을 때라는 것을

사람들은 모르지
눈꽃 송이 살포시 내려앉아
내 몸 감싸 덮을 때가
내 生
가장
따스함을 느끼고 있을 때라는 것을…

– 「나목」 전문

이파리 다 떨구고 알몸뚱이로 서 있는 겨울나무는 삭막하기
그지없는 풍경을 연출한다. 더구나 연무가 가지에 달라붙어 서
리로 변한 상고대를 이룬 겨울나무의 가지는 혹독한 시련과 불
모의 고통을 상기하기에 충분하다. 하얀 눈송이가 가지를 덮고

있을 때도 상황은 크게 달라지지 않는다. 하지만 시인은 그러한 상황에서도 생명의 싹을 위해서 열망하는 내적인 에너지를 읽어낸다. "소리 없는 소리로", "자붓이 초록 생명 이야기꽃을 피우"는 나목裸木의 내면 풍경을 오롯이 읽어내고 있는 것이다.

바람과 서리가 지배하는 상고대의 시간은 겨울나무의 입장에서 가장 고통스러운 시간일 것이다. 빈가지로 긴 시간을 서리와 바람을 맞으며 흔들리고 있어야 할 가지가 고통의 절정에 도달해 있다는 것은 그것이 '초록 생명의 이야기꽃'을 피울 수 없기 때문일 것이다. 상고대를 덮어쓰고 바람을 맞아야 하는 나목은 찬란한 봄에 싹 틔울 새싹의 기약을 확신할 수 없는 절박한 상황에서 생존을 위한 고투에 시달리고 있다. 그러하기에 그것은 고통의 절정의 시간을 지나고 있다고 할 수 있으며, 고통의 절정이란 죽음이 지배하는 시간이라고 할 수 있다.

시적 주체는 그러한 시간이 지나고 눈꽃이 나목의 몸을 감싸는 시간이 가장 따스한 시간이라고 말한다. 상고대나 눈꽃 모두 차가운 기운을 담고 있으며, 얼어있다는 점에서 크게 다를 것은 없다. 하지만 상고대의 시간을 고통의 절정으로, 그리고 눈꽃 송이가 덮고 있는 시간을 가장 따스한 시간으로 해석할 수 있는 시적 근거는 무엇일까? 첫 부분의 시구詩句에서 알 수 있듯이 생명이란 낮에만 활동하고 밤에는 단절되는 것은 아니다. 그것은 "밤낮 가리지 않고" "이야기꽃을 피우"는 것이며, 그렇기 때문에 따뜻한 여름이나 차가운 겨울이라고 해서 달라지지는 않을 것이다. 오히려 차가운 겨울일수록 나무의 생명에 대한 열망이 더욱 강해지는 것이 이치일 것이다. 그렇기 때문에 나목이 차가운 겨울 서리와 눈꽃을 뒤집어쓰고 있을 때가 고통의 절정이기도 하지만, 생명에 대한 열망이 가장 뜨거운 시기이기도 할 것이다.

이상에서 우리는 박태진 시인의 농경적 상상력이 촉수를 뻗어 생명에 대한 다양한 통찰에 이르고 있는 장면을 더듬어 보았다. 생명이란 자연의 본성이라는 것, 흙이야말로 모성적 본능으로 뭇 생명을 키우고 조장한다는 것, 또한 물이 모든 생명체의 보편적 요소로 작용하면서 다양한 변화와 통합을 이룬다는 상상력의 흐름을 확인한 셈이다. 그리고 생명이란 가장 극한적인 상황에서 더욱 강렬해지는 역설적인 속성을 지니고 있다는 것, 그래서 생명은 고통의 절정에서 가장 뜨겁게 타오를 수 있다는 것을 확인하였다. 결국 생명이란 흙과 물과 시련의 결정체라고 할 수 있는데, 이러한 점에서 생명이란 자족적인 것이라기보다는 타자들의 집적과 참여에 의해서 간신히 창출되고, 유지되는 것이라는 점을 알 수 있다. 이러한 생각을 좀더 밀고 나가면 생명을 주재하는 더 큰 존재로서 어떤 섭리의 인식에 이르게 된다.

3. 더 큰 존재, 혹은 섭리攝理

꼭꼭 숨어서 핀
꽃향기

오롯이 사방팔방
멀리 미치는 것을 보노라면
성능이 좋은
날개를 지니었나 보다

그 어느 때고 숨길 수가 없다
햇살 많이 받은 사과
색깔 예쁘고 당도 높아
맛과 향기 드높다

이 땅에서 가장 고귀하고
고상한 향기는
사랑의 향기

– 「향기」 전문

꽃이 피면 은은한 향기가 발산된다. 따라서 그 향기는 보이지 않는 곳에서 은은한 향기를 발산하고 있는 꽃의 존재를 암시한다. 향기는 눈으로 보이지 않지만, 어떤 존재가 자신의 존재감을 과시하고 있는 하나의 증표가 되는 것이다. 향기는 꽃이 있으면 자연스럽게 퍼져나가는 어떤 냄새의 파동으로서 말 그대로 "그 어느 때고 숨길 수가 없다" 꽃의 속성은 향기를 발산하는 것이기 때문에, 향기를 숨길 수는 없으며, 그로 인해서 꽃의 존재 또한 숨길 수가 없는 것이다.

　그런데 시적 논리에 의하면 또 하나 숨길 수 없는 것이 있다. 그것은 향기로 인해서 드러나는 햇살의 강도와 사랑의 존재이다. "햇살 많이 받은 사과"는 "색깔 예쁘고 당도 높아/맛과 향기가 드높다." 그러니까 사과의 색깔과 당도를 보면 햇살이 얼마나 그 사과에 쪼였는지를 알 수가 있으며, 마찬가지로 사과의 향기를 맡아보면 얼마나 햇살이 그 사과에 당도했는지를 알 수 있다. 즉 사과의 색깔과 맛과 향기는 바로 그 사과에 미친 햇살의 강도를 표상해주기 때문에 숨길 수가 없게 된다. 사과를 성장시키고 당도를 부여하고, 아름다운 향기를 뿜어 나오게 한 것은 바로 햇살이라고 할 수 있는데, 시적 주체는 이를 사랑이라고 해석한다. 사랑이 어떤 존재자를 태어나도록 하고 성장하도록 하고, 아름다운 내면과 향기를 지니도록 하는 것이라고 할 때, 햇살을 사랑으로 해석한 시적 발상은 지극히 자연스럽고 설득력을 지닌다.

그런데 문제는 생명이란 자신의 내부적 의지나 노력으로 되는 것이 아니라 외부의 힘에 의존하고 있다는 점이며, 지상에 존재하는 존재자들은 다른 입김을 함축하고 있다는 점이다. 사과의 향기는 사과의 존재를 전제로 하고 있으며, 좀 더 나아가 그것은 햇살의 강도를 전제하고 있다. 그리고 햇살의 강도를 좀 더 밀고 나가 보면 사랑을 발견할 수 있으며, 사랑을 좀 더 밀고 나가 보면 모든 존재자들을 끌어당기고 피어나도록 하는 에로스라는 섭리에 도달하게 된다. 문득 다가온 향기는 곧 햇살과 그것을 작동하는 보이지 않는 존재의 섭리를 암시하고 있는 것이다. 박태진 시인의 농경적 상상력이 도달할 수 있는 가장 높고도 깊은 상상력이 이러한 장면에서 발견할 수 있는데, 섭리의 의미를 아름답게 그려낸 다음 작품도 이에 해당된다.

　　　　소금을 얻는 일은 기다리는 일이다

　　　　　씨를 뿌리거나
　　　　　키우거나 잡지 않으며
　　　　　캐거나 따지 않는다
　　　　　다만 바닷물을 끌어와 부려놓고
　　　　　햇빛 달빛 바람에 졸여지고 달여지는 동안
　　　　　염부꾼은 시간을 길어 올리며 마냥 기다리는 것이다

출렁이는 바닷물이 하얀 소금밭이 되는 동안

바람길을 트고 빛을 그러모은다

사람의 손길이 필요한 때에 보태지는 것은

염부꾼의 땀 한 방울뿐

모든 것을 우주의 작용에 맡기고서야

얻을 수 있는 기다림의 결정

우연과 필연의 숱한 교차가 빚어내는

지난한 기다림의 앙금이 자연 속에 고스란히 박혀 있다

— 「기다림의 결정」 전문

　소금을 얻는 과정은 씨를 뿌리고 거름을 주어서 키우는 과정과 전혀 다르다. 그래서 소금을 얻는 과정은 곡물이나 야채처럼 캐거나 따는 등의 수확하는 과정을 필요로 하지 않는다. 농사를 짓는다는 것은 줄탁의 과정으로서 작물의 의지와 농부의 보살핌, 그리고 하늘과 땅의 시의적절한 도움이 필요한 과정이지만, 소금을 얻는다는 것은 온전히 바닷물의 변화를 기다리는 일이다. 또한 그것은 물속에서 자란 물고기를 낚는 것과 숲에서 자란 들짐승을 사냥하는 것과도 다르다. 낚시나 사냥을 하는 것은 인간의 의지가 작동하는 능동적인 것이며, 자아와 타자의 긴장과 대립이 날카롭게 충돌하는 투쟁의 과정이지만, 소금을 얻는다는 것은 모든 것을 햇빛과 바람에 맡기는 수동적인 과정이며, 자연의 변화에 온전히 그 결과를 일임하는 순응의 과정이다. 이러한 점에서 소금을 얻는 과정은 전적으로 외부의 힘에 의존하는 일이며, 섭리의 작용에 온전히 귀의하는 과정이라고 할 수 있다.

그렇기 때문에 소금의 생성 주체는 인간이 아니다. 소금을 만들어내는 주체는 햇빛과 달빛, 그리고 바람이라고 할 수 있으며, 좀 더 궁극적인 힘으로는 시간을 들 수 있을 것이다. 햇빛과 달빛과 바람은 바닷물을 졸이고 달여서 반짝이는 소금의 결정체를 만드는데, 그러한 과정은 긴 기다림의 과정을 필요로 한다. 물론 인간의 노력이 전혀 없는 것은 아니어서 "염부꾼의 땀 한 방울"이 필요하기는 하지만, 그것은 지극히 사소한 계기에 불과하다. 궁극적인 힘은 바로 "우주의 작용"이라고 명명할 수 있는 섭리攝理, 혹은 자연의 뜻이라고 할 수 있으며, 시간의 운행이라고 할 수 있다. 그래서 시인은 소금을 "기다림의 결정"이라고 하거나 "지난한 기다림의 앙금"이라고 표현하고 있다. 소금이라는 결정結晶 속에는 수많은 시간의 흐름이 담겨 있으며, 그 시간 동안 소금을 스쳐지나간 햇빛과 달빛, 그리고 바람의 자취들이 새겨져 있는 셈이다.

소금의 생성 과정을 인간의 삶에 확대해 보면 시인의 삶의 자세와 세계관을 확인할 수 있을 것이다. 우리의 삶 또한 우리의 힘으로 만들어가는 것이 아니고 무수한 시간의 흐름 속에서 햇빛과 달빛, 구름과 같은 자연적 힘이 개입하여 이루어지는 것인지도 모른다. 소금과 달리 인간의 삶에는 자연적인 것보다는 인공적인 요소가 더 첨가되겠지만, 모든 생명이 다 그렇듯이 홀로 서는 자족적인 것은 아닐 것이다. "우연과 필연의 숱한 교차가 빚어내는/지난한 기다림의 앙금이 자연 속에 고스란히 박혀 있"듯이 인간의 삶에도 우연과 필연의 교차에 의해서 이루어지는 "우주의 작용"이 숨 쉬고 있을 것이다.

4. 더 깊은 생명의 시를 향하여

근대적 인간은 너무 주체적이고 의지적인 삶을 꿈꾸었는지 모른다. 근면과 자조, 독립과 성실 등의 인생관이 근대인들을 사로잡게 되면서 우리는 우리의 삶에 개입하는 타자의 힘에 대해서 거부하는 경향을 지니게 되었고, 우리의 삶에 영향을 미치는 더 큰 존재의 작용에 대해서 애써 눈을 돌렸는지도 모른다. 하지만 오늘날 포스트모더니즘의 흐름에서 분명해지고 있듯이, 우리의 삶의 주인은 타자인지도 모른다. 우리는 대체로 타자의 욕망을 욕망하기도 하고, 타자들이 그려놓은 삶의 궤도를 따라가면서 우리의 삶을 영위하고 있다. 낭만주의자 백석이 아름다운 시에서 노래한 것처럼, 우리의 힘과 뜻보다 더 크고 높은 것이 있어서 그것이 우리를 마음대로 굴려가는 것인지도 모른다. 오래된 미래에서 길을 다시금 찾아본다면 우리는 애초부터 우리보다 더 큰 존재의 입김과 그늘에서 벗어날 수 없는 운명에 처해 있는 셈이다.

박태진 시인의 시편들은 농심의 마음으로 세상을 바라보는 씨앗에서 발아하여 생명의 다양한 속성을 들여다보고, 생명을 둘러싼 더 큰 존재와 그것의 작용인 섭리의 인식에서 꽃을 피웠다. 농심으로 바라본 세상은 세상이 온통 어떤 징후와 예감으로 가득 차 있는 것이며, 생명의 충일로 이해되는 것이었다. 그리고 생명이란 무수한 힘들과 외부적 도움으로 겨우 존재하는 것, 차가운 서리와 눈꽃 속에서 삶의 의지를 불태우는 연약하고 애틋한 것이었다. 이러한 생각에서 좀 더 나아가면 곧 현상의 배후에는 어떤 본질적인 힘이 작용하고 있으며, 그러한 존재의 작용에 의해서 삼라만상이 운행된다는 생각에 이르게 된다.

박태진 시인의 농경적 상상력은 위대한 수동성, 혹은 창조적 순응성에 대해 생각하게 한다. 위대한 창조력이란 농경지를 개간하고 댐을 건설하는 등의 기획과 계발이 아니라 소금의 결정이 형성되는 것을 인내하는 기다림의 미학에 있는지도 모른다. 그것은 자연의 섭리에 귀의하는 것이며, 자연의 이법이라는 순리에 순응하는 것이다. 우리는 그동안 줄啐의 의지에 대해서만 너무 매달렸는지도 모른다. 탁啄의 개입이 우리의 삶을 간신히 지탱하도록 한다는 것을 박태진 시인의 농경적 상상력은 새삼 환기해준다. 자연의 이치와 섭리에 대해 좀 더 천착함으로써 박태진 시인의 시 세계가 생명이라는 더 깊고 넓은 바다로 나아갈 것을 기대해 본다.

1974년 9월 30일 군대에서 휴가를 얻어 진천군 이월초등학교 교장으로 아버님이 재직하실 당시에 초등학교 교정에서 7남매(아들 4, 딸 3)와 기르던 강아지까지 10명이 찰칵.

제28회 고양군 4-H 경진대회에서 종합 우승 후에 기념으로 사진 한 장 찰칵

1985년 10월 고양군 농촌지도소 벽제 지소장 재직 시 4경대회에서 시상하는 장면

1989년 5월. 강남구 역삼동 충현교회에서 주최한 전 교구 대항 체육대회에 참석하여(정신고등학교 운동장에서)

1995년 휴가를 얻어 소록도 봉사활동을 4박 5일 일정으로 16경이 농산물 수확과 밭매기 등을 실시하고 배 위에서 찰칵

신랑 박태진 군
신부 정경희 양

1979. 12. 15

너희 성도들아 여호와를 경외하라
저를 경외하는 자에게는 부족함이 없도다

1997. 12. 15 충현교회(서울 중구 충무로 5가)에서 결혼식을 마치고 친구들과

장모님 서옥 권사가 충현교회에서 권사 은퇴식 후 장인 어르신과 함께 찰칵

1965. 5. 26 ～ 1999. 5. 20까지 34년간 근무 후 고양시 농업기술 센터에서
명예퇴임식 후에 직원, 지도자, 후계자, 부녀회, 4-H 회원들과 함께

1999. 5. 20 고양시 농업기술센터에서 명예퇴임시 한 장.

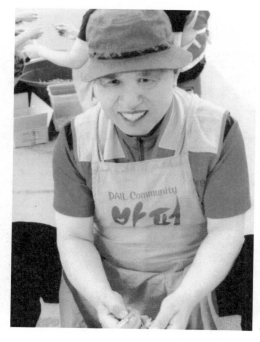

1965. 5. 26~1999. 5. 20
까지 34년간 농촌지도소에
근무하다 명예퇴직 후 청량
리 최일도 목사께서 하시는
밥퍼 봉사를 하면서 마늘을
까고 있는 모습

2004. 1. 9 아버님 금강혼식을 독산동 로얄 뷔페에서 거행하고 나서

2008년 의정부 시뜨락 문학회 회장을 할 당시 수락산을 등반하면서 한 장

의정부 시뜨락 문학회에서 경기대 석좌교수이며 문예사조 사장이신 김창직 교수님을
모시고, 특별강좌 후 유동순 선생님과 회원들과 한 장(희정부 과학 도서관에서)

2014. 4. 24 주문진에서 여행 중 배호의 노래 '파도' 노래비 앞에서 사진도 찍고 노래를
3번 부르고 나서, 동전 500원을 넣고 나면 배호의 '파도' 노래가 흘러 나온다

농촌의 진한 향내와
힘이 느껴지는 시편詩篇을 통해
행복한 에너지가
팡팡팡 샘솟으시기를 기원드립니다!

– 권선복(도서출판 행복에너지 대표이사, 한국정책학회 운영이사)

도시를 벗어나 시골로 향할 때만큼 기분이 좋은 순간도 없습니다. 자연과 어우러진 삶의 풍광은 즐거움과 여유를 주는 것은 물론, 이따금 놀라운 깨달음 또한 던져주곤 합니다. 그러한 깨우침이 문학작품으로 승화되면 더욱 깊은 성찰을 이끌어내기 마련입니다. 푸르름 가득한 농촌 생활의 본질은 무엇인지, 자연에 대항하거나 순응하는 삶의 굴곡이 얼마나 아름다운지를 문학으로 접하는 순간 삶의 질은 한층 더 높아집니다.

책 『나목』은 세상을 따사로이 바라보는 농사꾼의 삶의 태도와 땀구슬 가득한 전원생활이 담긴 시집입니다. 자연의 거대한 힘에 순응할 수밖에 없는 인간 본연의 운명을 아름다운 시편으로 풀어내고 있습니다. 이번에 첫 시집을 낸 저자는 오랜 세월 농촌에서 공무원 생활을 해 오셨습니다. 지역민들을 위해 평생을 일해 온 만큼 이타적인 삶의 태도가 시에 잘 드러나 있습니다. 현재도 농촌의 발전을 위해 독서지도와 강연 활동을 계속하고 있는 저자에게 큰 응원의 박수를 보냅니다.

　근래 이농인구가 꾸준히 증가하는 까닭은 경제적, 사회적 현상으로 바라봐야 하지만 결국 자연을 떠나고서는 살아갈 수 없는 인간 본연의 회귀본능이 아닐까 하는 생각도 해 봅니다. 비록 지금 당장 모든 것을 내려놓고 녹음이 우거진 시골을 향해 떠날 수는 없지만 시집 『나목』과 같은 작품을 읽으며 위로와 위안을 얻는 것은 어떨까요. 이 책이 바쁜 일상에 지친 현대인들의 삶에 정겨운 농촌의 인심과 흙이 주는 온기를 전하기를 바라오며, 모든 독자 분들의 삶에 행복과 긍정의 에너지가 팡팡팡 샘솟으시기를 기원드립니다.

하루 5분 나를 바꾸는 긍정훈련

행복에너지

'긍정훈련'당신의 삶을
행복으로 인도할
최고의, 최후의'멘토'

'행복에너지
권선복 대표이사'가 전하는
행복과 긍정의 에너지,
그 삶의 이야기!

인터파크
자기계발 분야 주간
베스트 1위

권선복 지음 | 15,000원

권선복

도서출판 행복에너지 대표
한국정책학회 운영이사
대통령직속 지역발전위원회
문화복지 전문위원
새마을문고 서울시 강서구 회장
전) 팔팔컴퓨터 전산학원장
전) 강서구의회(도시건설위원장)
아주대학교 공공정책대학원 졸업
충남 논산 출생

책 『하루 5분, 나를 바꾸는 긍정훈련 - 행복에너지』는 '긍정훈련' 과정을 통해 삶을 업그레이드
하고 행복을 찾아 나설 것을 독자에게 독려한다.
긍정훈련 과정은 [예행연습] [워밍업] [실전] [강화] [숨고르기] [마무리] 등 총 6단계로
나뉘어 각 단계별 사례를 바탕으로 독자 스스로가 느끼고 배운 것을 직접 실천할 수 있게 하
는 데 그 목적을 두고 있다.
그동안 우리가 숱하게 '긍정하는 방법'에 대해 배워왔으면서도 정작 삶에 적용시키지 못했던
것은, 머리로만 이해하고 실천으로는 옮기지 않았기 때문이다. 이제 삶을 행복하고 아름답
게 가꿀 긍정과의 여정, 그 시작을 책과 함께해 보자.

『하루 5분, 나를 바꾸는 긍정훈련 - 행복에너지』

범죄의 탄생

박상융, 조정아 지음 | 값 15,000원

이 책은 대한민국을 떠들썩하게 했던 주요 사건들을 종류별로 면밀히 분석하여 우리 사회의 흉측한 민낯을 통렬히 고발함은 물론 적절한 대응방안과 해결책을 제시한다. 이제 일상은 더 이상 안전하지 않으며 범죄와의 전쟁에서 승리하기 위해 우리 사회와 국민 개개인이 취해야 할 자세는 무엇인지를 짚어 내고 있다.

책은 미래다

금주은 지음 | 값 15,000원

『책은 미래다』는 인류의 가장 위대한 유산인 책의 힘이 얼마나 위대한지에 대해 알려주는 책이다. 평범한 직장인에서 독서 고수가 된 저자가 '자신의 발전을 위해 책을 어떻게 활용할지, 책을 통해 미래를 개척하는 과정은 무엇인지'에 대해 다양한 경험과 성찰을 통해 전하고 있다.

숲에서 긍정을 배우다

임휘룡 지음 | 값 15,000원

『숲에서 긍정을 배우다』는 도시로 스며드는 아름다운 자연이 우리의 삶을 어떻게 긍정적으로 변화시키는지에 대해 이야기한다. 숲에서 배우는 삶의 지혜, 긍정 마인드를 북돋우는 좋은 글 등이 함께 소개되어 다양한 읽을거리를 제공하고 책의 가치를 더욱 높이고 있다.

둥지 위의 매미

정광섭 지음 | 값 15,000원

어둠의 세계에 잠시 발을 들여놓았던 전력이 있는 저자가 참회의 길로 선택한 작가의 길. 그 길목에 놓여있는 소설 『둥지 위의 매미』. 정광섭 저자의 두 번째 소설로 현재의 혼돈과 불안의 시대에 한 줄기 위로와 사랑의 메시지를 전하는 아빠와 딸의 이야기를 담은, 독자의 마음을 흔들기에 부족함이 없는 소설이다.

청춘이고 싶다 청춘이 아니어서

정철수 지음 | 값 15,000원

책 『청춘이고 싶다 청춘이 아니어서』는 우리 대한민국이 현재에 이르기까지 온갖 열정을 다해 삶을 살아온 베이비부머 세대의 추억과 희로애락을 담고 있다. '철수 와 영희'로 대변되는 어린 시절의 기억에서부터 시작하여 청년을 거쳐 중년에 이 르기까지, 대한민국의 역사와 그 궤를 함께한 자신들의 성장과정을 생생히 그려 낸다.

50년 호텔&리조트 외길인생

나승열 지음 | 값 15,000원

책 『50년 호텔&리조트 외길인생』는 평생을 호텔&리조트 사업에 바쳐온 관광 분 야의 전문가이자 산증인이 전하는 우리 관광업계의 과거와 미래, 비전과 희망에 대해 담고 있다. 우리 관광 역사의 뒷이야기는 물론, 날카로운 혜안으로 빚어낸 칼 럼들은 충분히 한 권의 사료史料로서 빛을 발하고 있다.

그대로 정원

김미희 지음 | 값 15,000원

『그대로 정원』은 전원생활과 정원 가꾸기에 대한 60여 편의 이야기와 140장의 사진 을 담고 있다. 2천 평에 이르는 거대한 정원이 그 자체로 아름다운 삶이 되는 과정을 생생히 묘사하고 있다. 회색빛 도시에서 하루하루를 보내는 현대인들의 가슴을 따 뜻한 봄비처럼 적셔 주는 글과 사진들은 이 책을 읽는 모든 이들에게 소중한 선물이 되어줄 것이다.

행복마법

S. RenYuk 지음 | 값 13,800원

책 『행복마법』은 다양한 키워드를 통해 행복에 대해 정의를 내리고 어떻게 하면 행복하게 살아갈 수 있는지에 대해 쉬운 글로 소개한다. 사랑, 연애, 인생, 외모, 나이, 품덕, 지혜, 쾌락 등 우리가 늘 고민하는 가치들을 자세히 살펴보고 일련의 알고리즘을 통해 어떻게 행복한 삶이 완성되는지 설명하고 있다.

역동적 거버넌스

Boon Siong Neo, Geraldine Chen | 역자 이종돈, 김정렬 | 값 33,000원

『역동적 거버넌스』(Dynamic Governance)는 싱가포르의 사례를 통해 세밀하고 결정적인 정부의 도전적 과제들을 다루고 있다. 이 책은 정부가 어떻게 좋은 결정을 하고, 그것을 실행하고, 그리고 위기를 초래하지 않으면서 수정할 수 있는지에 대해서 생각하기 위한 틀을 제공해준다.

넘어진 후에야 비로소 나를 본다

김세미 지음 | 값 15,000원

『넘어진 후에야 비로소 나를 본다』는 바로 이러한 승자가 될 수 있는 성공 전략을 제시한다. 현재 한국이미지리더십 연구소 대표이며 국가원로회의 전문위원으로 활동 중인 저자가, 20여 년 사회생활 경력을 토대로 전하는 위기관리 및 자기경영 노하우가 책 곳곳에서 빛을 발하고 있다.

가슴으로 피는 꽃

신영학, 위재천 지음 | 값 15,000원

책 『가슴으로 피는 꽃』은 하상 신영학 시인의 시와 도진 위재천 시인의 시가 이마 위에 쏟아지는 봄 햇살처럼 밝게 빛나는 시집이다. 사랑하는 사람에게 보낼 고백이 담긴 편지처럼, 정성스레 써 내려간 시편들은 우리네 삶의 평범하지만 온기 넘치는 광경을 고스란히 담고 있다.

바보 리더의 꿈

손인춘 지음 | 값 15,000원

책 『바보 리더의 꿈』은 손인춘 국회의원의 인생과 열정, 새로운 도전에 대한 이야기를 담고 있다. 고객과 직원의 행복한 삶을 먼저 생각하는 기업가로서의 철학과 기부와 봉사가 이 세상에 불러일으키는 변화와 그 가치를 다양한 경험과 사례를 통해 소개하고 있다.

'행복에너지'의 해피 대한민국 프로젝트!
〈모교 책 보내기 운동〉

대한민국의 뿌리, 대한민국의 미래 청소년·청년들에게 책을 보내주세요.

많은 학교의 도서관이 가난해지고 있습니다. 그만큼 많은 학생들의 마음 또한 가난해지고 있습니다. 학교 도서관에는 색이 바래고 찢어진 책들이 나뒹굽니다. 더럽고 먼지만 앉은 책을 과연 누가 읽고 싶어 할까요? 게임과 스마트폰에 중독된 초·중고생들. 입시의 문턱 앞에서 문제집에만 매달리는 고등학생들. 험난한 취업 준비에 책 읽을 시간조차 없는 대학생들. 아무런 꿈도 없이 정해진 길을 따라서만 가는 젊은이들이 과연 대한민국을 이끌 수 있을까요?

한 권의 책은 한 사람의 인생을 바꾸는 힘을 가지고 있습니다. 한 사람의 인생이 바뀌면 한 나라의 국운이 바뀝니다. 저희 행복에너지에서는 베스트셀러와 각종 기관에서 우수도서로 선정된 도서를 중심으로 〈모교 책 보내기 운동〉을 펼치고 있습니다. 대한민국의 미래, 젊은이들에게 좋은 책을 보내주십시오. 독자 여러분의 자랑스러운 모교에 보내진 한 권의 책은 더 크게 성장할 대한민국의 발판이 될 것입니다.

도서출판 행복에너지를 성원해주시는 독자 여러분의 많은 관심과 참여 부탁드리겠습니다.

도서출판 **행복에너지** 임직원 일동

문의전화 0505-613-6133